中华先锋人物
故事汇

钱学森

月亮上的环形山

QIAN XUESEN
YUELIANG SHANG DE HUANXINGSHAN

徐鲁 著

图书在版编目（CIP）数据

钱学森：月亮上的环形山/徐鲁著．—北京：党建读物出版社；南宁：接力出版社，2019.4（2025.2重印）
（中华人物故事汇．中华先锋人物故事汇）
ISBN 978-7-5099-1075-7

Ⅰ.①钱… Ⅱ.①徐… Ⅲ.①传记小说－中国－当代 Ⅳ.①I247.5

中国版本图书馆CIP数据核字(2018)第276574号

钱学森——月亮上的环形山

徐 鲁 著

责任编辑：李雅宁　廖灵艳
文字编辑：王燕
责任校对：刘艳慧　王静　杨艳
装帧设计：严冬　许继云　美术编辑：高春雷
出版发行：党建读物出版社　接力出版社
地　　址：北京市西城区西长安街80号东楼（邮编：100815）
　　　　　广西南宁市园湖南路9号（邮编：530022）
网　　址：http://www.djcb71.com　http://www.jielibj.com
电　　话：010-65547970/7621
经　　销：新华书店
印　　刷：保定市中画美凯印刷有限公司
2019年4月第1版　　2025年2月第23次印刷
787毫米×1092毫米　32开本　5.5印张　80千字
印数：279 001—289 000册　　定价：20.00元

版权所有　侵权必究

质量服务承诺：如发现缺页、错页、倒装等印装质量问题，可直接联系本社调换。
服务电话：010-65545440

目录

写给小读者的话 ········ 1

雪落江南 ············· 1

数星星的孩子 ········· 9

男孩游戏 ············ 17

两小无猜 ············ 25

少年有梦且缤纷 ····· 31

两个"一百分" ······ 43

航空的梦想 ········· 53

谁言寸草心 ········· 61

星空茫茫 ············ 67

恩师 ················· 75

火箭俱乐部 ········· 83

爱的童话·········91

归心似箭·········97

大手牵小手········107

"失踪"的爸爸·······113

祁连山下·········121

西北望,射天狼······133

天上的乐曲········141

永远追随·········147

"钱学森星"········151

写给小读者的话

一九一一年十二月十一日,钱学森出生在上海的一所教会医院里,父母都是浙江杭州大户人家里的读书人。

他很小的时候,就喜欢坐在夏夜的草地上数星星,遥望月亮上的环形山。

深蓝色的夜空里,每颗星星都闪烁不停,就像灿烂的宝石和花朵。

"看,那是猎户星座,那是双子星座……"

他指着遥远的星空,告诉小伙伴们那些星星和星座的名字。

突然,有一颗流星拖着尾巴划过了夜空。

他赶忙和小伙伴们一起,在各自的裤带上打着结。传说，这样做可以捡到好多的钱……

坐在中秋夜的月亮下面，爸爸会给他讲解古代诗人屈原的诗歌："夜光何德，死则又育？厥利维何，而顾菟在腹？"

意思是说：月亮呀，你是不是拥有什么特殊的品性？为什么能够缺了又圆，落下了还会升起来？为什么要把一只小小的兔子，养在自己的腹中？

长长的夜晚，他会坐在客厅里，安安静静地听妈妈给他讲岳飞精忠报国的故事。妈妈的声音是那么温柔，那么美……

不过，听着听着，他的目光又被窗外的月亮和星空吸引去了。

他爬到窗户上，伸出双手，好像要去摘下一颗星星来。

有一天，他捧着书跑进书房里，问爸爸："爸爸，《水浒传》里说，那一百零八个英雄，是一百零八颗星星下凡变成的。那么，世界上的大人物，那些为人类做出了贡献的伟人，也是天上的星星变的吗？"

爸爸停下手上正在做的事,认真想了一下,回答他说:"学森呀,星星下凡,只是人们的一种幻想,是古代人的一种美好愿望。其实,所有的英雄和伟人,像张衡、祖冲之、诸葛亮、岳飞、文天祥,还有孙中山呀,他们原本都是普通人,只是他们从小就爱动脑筋,有远大的报国志向,不怕任何困难,所以才能做出惊天动地的大事情。"

"哦,原来英雄和大人物,都不是天上的星星变的!那我长大了也可以成为英雄啦?"

"当然能啊!"爸爸高兴地说,"自古英雄出少年嘛!只要你从小就立下美好的志向……"

爸爸的话,他牢牢地记在了心里。

钱学森长大后,乘着大船,跨过太平洋,开始寻找他的科学梦想。

一九三五年九月,他进入美国麻省理工学院航空系学习。

坐在大学校园的绿草地上,他还是那么喜欢仰望星空。

不久,他又转入加州理工学院航空系,跟着科学大师，被人们称为"超声速飞行之父"的冯·卡门先生学习航空动力学。冯·卡门主持的航空实验室，被誉为人类火箭技术的摇篮。钱学森成了大师最赏识、最信任的助手。

美丽的繁星在闪烁……

星星好像在呼唤着每一个喜欢仰望星空的人。

"中国男孩，欢迎你成为'火箭俱乐部'的一员！"

"火箭俱乐部"的同学们敞开怀抱拥抱了这位"火箭迷"。

美丽的星夜里，钱学森和"火箭俱乐部"的同学们一起，发射了自己造的第一枚小火箭。小火箭带着他的梦想，向着夜空飞去……他那时候的梦想，就是要让自己的祖国、让全人类，飞得更远、更快、更高！

新中国诞生了！他和夫人归心似箭，恨不能立刻飞回祖国。可是，回家的路是那么漫长和曲折。他们冒着生命危险，冲破重重阻力，带着两个幼小的孩子，终于踏上了回国的旅程……

大船朝着祖国的方向乘风破浪前行。夫妻二人迫不及待地站在甲板上，心里大声呼唤着：祖国母亲啊，我们回来了，回来了！……

回到祖国不久，一位身经百战的将军，迫不及待地向他问道：

"尊敬的大科学家，请你明确告诉我，咱们中国人，能不能造出自己的导弹来呢？"

他微笑着回答说："有什么不能的？当然能！外国人能造出来的，我们中国人同样能造出来！难道中国人比外国人矮了一截吗？"

不久，他就像突然"失踪"了一样，家人、朋友都不知道他去哪儿了。就是知道了，也不能说出来。儿子和女儿大半年见不到爸爸，常常问妈妈："爸爸去哪儿了？"妈妈只能这样告诉孩子们："在远方，在很远的远方……"

是的，爸爸是从很远又很冷的、荒无人烟的沙漠里回来的。

许多年之后，儿子才知道，爸爸"失踪"后，一直在草原上，在沙漠里，在戈壁滩上，和许多科学家叔叔、解放军叔叔在一起工作。

他把全部精力投入到了中国导弹、火箭、卫星和飞船的研制与发射事业上。他被人们称为中国航天事业的奠基人、人民科学家、"两弹一星"元勋、中国国防科技的领军人物。

他年老的时候，仍然喜欢和自己最亲爱的人一起，坐在夏夜的草地上数星星，遥望月亮上的环形山……

人们说，他为国家做出的贡献也像天上的繁星一样众多，一样耀眼。他创立的多种学说，能使工人叔叔们更快、更好地完成大工程，也能让我们居住的城市变得更美丽，让荒凉的沙漠变成神奇的宝库……

二〇〇一年，他九十岁。有一天，他和夫人蒋英相互依偎着，坐在公园里，遥望月亮上的环形山的时候，他不知道在草地不远处，有一位美丽的女教师正领着一群小朋友，也坐在那里看星星。

女教师指着辽阔的星空说："孩子们，你们知道吗，在那些像宝石一样闪烁的星星里，有一颗国际编号为3763号的小行星,就是用钱学森爷爷的名字命名的,它的名字就叫'钱学森星'……"

二〇〇九年十月三十一日上午八时六分,一代科学大师钱学森爷爷在北京逝世,享年九十八岁。

那么,他长长的一生的故事,我们该从哪里讲起呢?

啊,就从他出生的那个冬天讲起吧……

雪落江南

好像是一只一只从天外飞来的白蝴蝶,好像是一朵一朵从远方飘来的蒲公英,轻柔的雪,在黄昏的时候静静地落啊,落啊……

落在高高的山顶上,落在山毛榉和马尾松的叶子上,落在密密的灌木丛中,落在深深的河谷里,落在空旷的田野上,落在护林老人小小的木屋顶上,落在河边停止了转动的风车上,落在牛栏的墙上和村边的草垛上,落在静静的谷场与村边的道路上……

一九一一年的冬天,比往年来得要早得多。

中国北方,厚厚的大雪早就覆盖了大地,成了白茫茫一片。还没到农历的冬月,长江两岸也开始飘起雪花来了。

不一会儿，洁白的雪就盖住了所有的山林与村庄，也盖住了黄浦江和苏州河边那些高高矮矮的屋顶、墙头和烟囱。

这时候，在江南，在江南那些小小村镇的淡蓝色的炊烟里，在苏州河两岸那些窄窄的小巷里，家家都会炒着香喷喷的冬米糖。

香甜的冬米糖，一夜间就会甜透整个冬天里孩子们的梦……

这一年十二月十一日，钱学森出生在上海租界里的一所教会医院里。

当时，因为清政府的腐败和软弱，中国已经沦为半殖民地半封建国家。特别是经过了鸦片战争，帝国主义列强依仗着坚船利炮，打开了古老中国的大门。

中国战败后，软弱的清政府被迫与列强签订了耻辱的《南京条约》，其中有一项内容就是：中国必须对外开放上海等五座城市为通商口岸，方便帝国主义列强自由来往。

这样，黄浦江和苏州河交汇处的吴淞口，也就是今天的上海外滩一带，很快就成为英国军舰任意停泊的地方。

当时，英国侵略者的一个头目，竟然厚颜无耻地提出，要把这个地方买下来，以便他们完全控制黄浦江和吴淞口。

谈判的结果是，按照当时的《大清律例》，土地不能卖给外国人，但是可以出租给他们。于是，中国历史上的第一个租界——英国租界，在上海出现了。

紧接着，美国、法国、日本等，也都在上海、天津、汉口、广州等城市，建立了租界。

可以说，租界，是刻在中国一些城市历史和记忆中的一种屈辱。

同时，因为大量的外国人在租界内进进出出，租界内的各种生活和娱乐设施，如教堂、医院、学校，还有书店、音乐厅、餐厅、咖啡馆等，也都建立得比较齐全，租界往往也成了当时那些城市里最热闹、最繁华的地方。

上海，当时已是中国为数不多的几座现代都市之一。上海租界里的教堂和以教会名义创办的医院、学校、书店等，也成为十九世纪末、二十世纪初进入中国的西方文明的标志。

钱学森出生的那个年代，上海、苏杭一带的普通人家，如果家里有孕妇临产，大人一般都会请一位以接生为业的"接生婆"（也叫"接生姥姥"或"吉祥姥姥"）到家里来，为产妇接生。这也是旧中国里，大多数普通家庭最常见的接生方式。

钱学森的父亲接受过西方教育，加上家庭条件比较优越，所以，钱学森将要出生时，钱家把产妇送进了租界里的教会医院待产。这种选择，也代表了一种"文明程度"，可能比当时生活在上海地区的一般大户人家的文明程度还要高。

这就要说到钱学森的家世了。

用今天的眼光来看，钱学森出生在一个真正的贵族之家。

钱学森的祖籍是浙江杭州。据说，钱氏家族要从五代时期吴越国的建立者钱镠（852—932）算起，迄今已有一千多年了。

史书记载，钱镠临终时留下了十条"钱氏家训"，包括心存忠孝、爱兵恤民、勤俭为本、忠厚传家等。

一代代钱氏子孙，都恪守这些家训，使得这个家族一直是江南一带的望族。

尤其是到了明、清和近代，钱氏家族涌现出众多的政治家、文学家、科学家等各界名流。

钱学森的祖父钱承镃，是钱镠的第三十一世孙，曾是杭州一带赫赫有名的丝绸商人，家境殷实。

钱学森的父亲钱均夫，年轻时怀抱"教育救国"的梦想，到日本留学。回国后，在上海成立了"劝学所"，借以施展兴教救国的抱负。

一九一一年，也就是钱学森出生的这一年，钱均夫出任浙江省立第一中学校长。可以说，钱学森的父亲是中国近代在杭州钱塘一带赫赫有名的教育家。

钱学森的母亲，名叫章兰娟，是杭州城一位富商的女儿。因为家境富裕，她从小就受到了良好的新式教育，不仅知书达理，而且有着超群的记忆力和数学计算能力。

所以后来有人说，钱学森卓越的科学天赋，也许正是来自他母亲的遗传基因。

按照钱氏家族排辈，钱学森这一辈是"学"字辈。依照家族取名的规矩，名字要沿用"木"字旁。

钱均夫为儿子取了一个响亮的名字：学森。在苏杭一带，"学森"与"学深"发音相近。这个名字里隐含着父母希望儿子长大后，能够学问高深、服务国家的美好愿望。

钱学森出生这一年，是阴历辛亥年。

这一年，古老的中国正在经历一场前所未有的伟大变革——辛亥革命。

这场翻天覆地的革命，推翻了统治中国两千多年的封建帝制，成立了"中华民国"。

一九一二年二月十二日，清朝最后一个皇帝溥仪宣布退位。

从此，统治了中国两千多年的封建专制制度，灰飞烟灭了。

钱学森就在这样的时刻，哇哇啼哭着来到了这个世界。

在他出生的这一年和第二年，世界科学史上也发生了几件引人瞩目的大事：

玛丽·居里继一九〇三年获得诺贝尔物理学奖之后，在一九一一年再次获得诺贝尔化学奖；卢瑟福在一九一一年提出了关于原子结构的行星模型；紧接着，尼尔斯·玻尔也提出了玻尔理论……

天地玄黄，风云激荡……

古老的中国和外面的世界，正在发生翻天覆地的巨变。

世界在等待着这个孩子早日长大。

数星星的孩子

很小的时候，小学森就喜欢坐在夏夜的草地上数星星，遥望月亮上的环形山。

深蓝色的夜空里，每颗星星都闪烁不停，就像灿烂的宝石。

"看，那是猎户星座，那是双子星座……"

他指着遥远的星空，告诉小伙伴们那些星星和星座的名字。

突然，有一颗流星拖着尾巴划过了夜空。

他赶忙和小伙伴们一起，在各自的裤带上打着结。

传说，这样做可以捡到很多的钱……

坐在中秋夜的月亮下面，爸爸会给他讲解古代

诗人屈原的诗歌："夜光何德，死则又育？厥利维何，而顾菟在腹？"

这句话的意思是说：月亮呀，你是不是拥有什么特殊的品性？为什么能够缺了又圆，落下了还会升起来？为什么要把一只小小的兔子，养在自己的腹中？

辛亥革命胜利后，孙中山出任中华民国临时大总统。

这时候，南京临时政府任命教育家蔡元培先生为教育总长。蔡元培到处延聘教育人才到教育部任职，聘请了钱学森的父亲的一位同窗好友许寿裳，到南京担任教育部科长。

许寿裳在日本留学时不仅和钱均夫是同窗，还介绍钱均夫认识了当时也在日本留学的绍兴人周树人，即后来的大文学家鲁迅。许寿裳到南京后，又向蔡元培推荐了钱均夫、鲁迅到教育部任职。

一九一四年早春，因为中华民国临时政府已从南京迁到了北京（史称"北洋政府"），钱学森的父亲便携带全家老小，也从江南迁到了北京。

钱均夫在教育部担任视学[①]，一直到一九二九年才离开教育部，回到故乡杭州，在浙江省教育厅继续任职。

到了北京，钱家住在离北洋政府教育部不远的一座老四合院里。

这时候，小学森已经三岁了。

小学森的妈妈是一位大家闺秀，兰心蕙质，性格温柔，说起话来总是细声细语的。所以，小学森从小就觉得，妈妈的声音总是那么温柔，那么美……

许多年后，他回忆说："我的母亲是个感情丰富、淳朴而善良的女性，而且是个通过自己的模范行为引导孩子行善事的母亲。母亲每逢带我走在北京大街上，总是向乞讨的行人解囊相助，对家中的仆人也总是仁厚相待。"

小学森的妈妈还十分喜欢荷花，在杭州时就经常去西湖荷花池观赏荷花。因为北方很难见到荷

[①] 视学：1906年，学部奏定各省提学使司设省视学六人，承提学使之命，巡视各府、厅、州、县学务。各级劝学所亦各设视学一人。北洋军阀统治时期，教育部及地方教育行政机关仍设视学。——编者注

花，到了北京后，她就在四合院里，在一个大鱼缸里种植了几株荷花。

一到夏天，鱼缸里就会铺满碧绿的荷叶，细长的、尖尖的荷茎就会挺出水面，开出三朵两朵秀美的荷花。

北京最美的季节是秋天和冬天。

尤其到了冬天，下起了大雪，爸爸会和他一起，在院子里滚雪球、堆雪人、打雪仗……

长长的夜晚，小学森会坐在客厅里，安静地听妈妈给他讲岳飞精忠报国等古代故事。

不过，听着听着，他的目光又被窗外的月亮和星空吸引过去了。

他爬到窗户上，伸出双手，好像要去摘下一颗星星来。

由于妈妈的悉心引导和培育，小学森三岁时就能背诵上百首唐诗、宋词，还学会了用"心算"做一些加减乘除的数学题。

等到小学森又长大了一点儿的时候，他就开始喜欢追着爸爸问这问那了。

有一天，他捧着书跑进书房里，问爸爸："爸爸,《水浒传》里说,那一百零八个英雄,是一百零八颗星星下凡变成的。那么,世界上的大人物,那些为人类做出了贡献的伟人,也是天上的星星变的吗?"

爸爸停下手上正在做的事,认真想了一下,回答他说:"学森呀,星星下凡,只是人们的一种幻想,是古代人的一种美好愿望。其实,所有的英雄和伟人,像张衡、祖冲之、诸葛亮、岳飞、文天祥,还有孙中山呀,他们原本都是普通人,只是他们从小就爱动脑筋,有远大的报国志向,不怕任何困难,所以才能做出惊天动地的大事情。"

"哦,原来英雄和大人物,都不是天上的星星变的!那我长大了也可以成为英雄啦?"

"当然能啊!"爸爸高兴地说,"自古英雄出少年嘛!只要你从小就立下美好的志向……"

爸爸的话,他牢牢地记在了心里。

在钱学森的幼儿时期,中国儿童的启蒙教育,主要还是通过私塾教育来完成的。私塾里教给小孩子的,大都是《三字经》《弟子规》《百家姓》《千字文》之类的蒙学读物。

这里面有中华民族传统的美德和礼仪规范，但也存在一些比较陈腐的东西，它们往往限制和束缚着儿童的想象力、创造力，也缺少天然的儿童游戏和快乐精神。

钱均夫是一位接受过西式教育、接触过西方文明的教育家。他的明智之举，是没有把儿子送到传统的私塾去发蒙，而是把儿子送进了新式的"蒙养园"去度过短暂的童年时光。

蒙养园，最初出现在清朝末期，也叫蒙养院，一九一二年改名为蒙养园。当时，北京只有一家蒙养园。

"蒙养"，就是"蒙以养正"的意思，即对幼童的发蒙要"正本慎始"，不可马虎大意。蒙养园是中国最早向西方学习儿童教育时，所引进的一种先进的、具有现代儿童教育精神的幼童学习模式，后来渐渐演变成今天的幼儿园。

爸爸对小学森的教育，从一开始就循循善诱，十分注重培养孩子对读书的兴趣，对一切未知的事物的好奇心。

所以，只要是星期天或其他闲暇时间，爸爸时常会带着小学森去公园和郊外游玩,让孩子到大自然的怀抱里去尽情地奔跑、撒欢。

有一次,爸爸带小学森去香山玩。看着满山的红叶和高远的天空,小学森幼小的胸腔里好像也鼓荡起呼呼的风声。

这时候,他看见远处的天空中正盘旋着一只老鹰。

小学森忍不住说道:"爸爸,我要是那只老鹰该多好啊!那我也能在大上飞了!"

爸爸说:"人当然变不成老鹰啦。不过,知识和想象力,可以为人们插上飞翔的翅膀……"

后来,钱学森曾深情地回忆说:"我的第一位老师是我的父亲。"

男孩游戏

一九一七年前后,当中国的许多仁人志士正在漫长的黑夜里寻找救国出路的时候,在世界科学技术史上,又发生了好几件可载入史册的大事:

一九一三年,美国科学家罗伯特·戈达德开始进行火箭实验;

一九一六年,爱因斯坦创立了伟大的广义相对论;

一九一八年,德国物理学家普朗克因为提出量子论,获得诺贝尔物理学奖;

一九一九年,罗伯特·戈达德写成了《到达极高空的方法》,后来被人们尊称为"美国现代火箭学之父";

……

这时候,钱学森正在北京的小学里念书。

一九一七年,不满六岁的钱学森,进入国立北平女子高等师范学校附属小学校,即今天的北京市第二实验小学学习,成为全班年龄最小的学生。

念完三年初小后,钱学森又转入国立北京高等师范学校附属小学校,即今天的北京市第一实验小学继续念书。

北京高师附小,是当时教育部的一所具有研究和实验性质的现代小学,创立于一九一二年,首任校长是当时国立北京高等师范学校的校长陈宝泉先生。一所大学名校的校长兼任小学校长,可见国家对这所小学的重视程度。

当时,陈宝泉为这所小学名校制定的办学方针是:"吸纳世界最新学理加以试验,为全国小学改进之先导。"

钱学森和他的小伙伴们在这样一所教育理念极其先进的小学里,如鱼得水,幼年的心智得到了很好的发展。

这时候的钱学森像很多小男孩一样,顽皮好

动，聪颖伶俐，无论什么事都喜欢动脑，多问个"为什么"。

比如，小学课间时，男孩们喜欢在一起玩一种飞镖游戏。

用硬纸片折成的飞镖，头部尖尖的，有一对向后斜掠的翅膀，掷出去能像燕子一样飞行，还能在空中回旋。

可是，小伙伴们比赛掷出去的飞镖，只有小学森折的那只，总是飞得又稳又远。

"哇，搞什么鬼？难道你给飞镖念了魔咒吗？"

小伙伴们不服气，拿过他的飞镖仔细检查，想看看里边到底搞了什么"鬼"。

这事正好被自然课的老师撞着了。

老师让小学森再掷一次飞镖，飞镖还是飞得又稳又远。

老师说："学森同学，请你告诉大家，这里面到底有什么奥秘吧。"

"哪有什么奥秘呀！"他笑嘻嘻地拆开飞镖给小伙伴们看。

"你们看，如果飞镖尖头太重，就会往下扎；

也不能太轻,轻了尾巴就会变沉,飞不起来;翅膀太小了,飞不平稳;翅膀太大了,又飞不远,爱兜圈子。"

小伙伴们按照小学森的讲解,重新改进了自己的飞镖。

那么多飞镖一齐掷出去,每一只都飞得又稳又远了……

其实,这小小的纸折的飞镖里暗含着一种空气动力学的原理。

虽然这时候小学森还不可能懂得这么深奥的科学原理,但他善于动脑筋、爱琢磨,而且能发挥自己的想象力和动手能力。

这一切,都显示了一位具有创造力的科学家,从小就应该拥有的宝贵天赋。

钱学森念小学的时候,不仅仅是语文、算术、自然等课程的成绩很好,总是名列前茅,他的兴趣和爱好极为广泛,对书法、美术、音乐等,也都特别热爱。

那时候,每天放学回家后,他都要画画、练字、听音乐。他在艺术方面的兴趣,一直持续了一生。在中国科学家当中，他极力提倡文学、艺术和科学应该更多地融合，呼吁人文科学、自然科学这"两种文化"能够互相交流，取长补短，这样才能给世界的文化和科学发明带来更大的进步。

他的爸爸在他很小的时候，就注意到了他对文艺的兴趣。所以，在他童年时代，爸爸还特意请了一位当时在京城很有名气的画家，来家里教小学森绘画。

念小学时，钱学森还有一位"书法老师"，就是他在高师附小的小学班主任兼书法课老师——于士俭老师。

钱学森晚年的时候，曾回忆在自己的一生中，给予过他深刻影响的人，总共有十七位。

按照时间顺序，最早给他影响的人，当然是他的爸爸和妈妈。接下来的第三位，就是于士俭老师。

于老师给钱学森的影响就是"广泛求知，写字"。

钱学森这样回忆说："于士俭老师教我们书法课。小学生可以按照自己的爱好，选择颜真卿、柳公权、欧阳修、赵孟頫等人的字帖临写。于老师如果看学生写得不太好，就坐下来，照着字帖临写一个字，一笔一画地教。他写什么体的字，就极像什么体的字，书法非常好，使你不得不喜爱书法艺术。"

钱学森后来几乎所有的手稿，都是字体端正、娟秀，清清爽爽，一丝不苟。这与他在小学时代受到了这位于老师的影响是分不开的。

周总理的妻子邓颖超，后来也成为党和国家领导人之一。早年她也曾在高师附小担任过教员。

虽然邓颖超没有亲自教过钱学森，但许多年后，有一次相见时，已经成为赫赫有名的大科学家的钱学森，仍然恭恭敬敬地"执弟子之礼"，尊称邓颖超为"邓老师"。

钱学森晚年在写给朋友的一封书信里说："我曾经就读的高师附小，我的老师年级主任于士俭先生和在校但未教我们班的邓颖超同志，我想念他们！"

钱学森幼年时，爸爸经常教他念诵中国古代的一些美丽的文言文和唐诗、宋词。所以，钱学森长大后，一直很感激爸爸给他打了一个很好的文言文的"底子"。

在高师附小时，学森还特别喜欢诵读梁启超那篇著名的《少年中国说》。他最喜欢、最先背诵下来的是这一段：

"故今日之责任，不在他人，而全在我少年。少年智则国智，少年富则国富；少年强则国强，少年独立则国独立；少年自由则国自由；少年进步则国进步；少年胜于欧洲，则国胜于欧洲；少年雄于地球，则国雄于地球。红日初升，其道大光。河出伏流，一泻汪洋。……天戴其苍，地履其黄。纵有千古，横有八荒。前途似海，来日方长。美哉我少年中国，与天不老！壮哉我中国少年，与国无疆！"

当然，正处在小学阶段、天天迷恋着玩飞镖游戏的小男孩钱学森，怎么也不会想到，有一天，那小小的纸飞镖，还会变成远航的大船，载着他跨过辽阔的太平洋，去远方寻找他的科学理想和救国梦想……

两小无猜

钱学森的爸爸有一位好朋友,名字叫蒋百里。

钱均夫早年在浙江杭州的求是书院(即今天的浙江大学前身)读书时,和蒋百里结为"金兰之交"。

不久,这两个有志的青年又一前一后到日本留学数年。蒋百里学习军事,钱均夫研习教育。

蒋百里后来成为中国近代著名的军事战略家、陆军上将和文化学者,被誉为"军事学泰斗";钱均夫成了中国近代著名教育家。

蒋钱两家,一直保持着亲密无间的友谊关系。

蒋百里成家后,没过多少年,家里就有了五个美丽的女儿,而钱均夫夫妇却只有钱学森这个独子。钱均夫和章兰娟好想也能有个女儿。

可是，想是想不来的。夫妇俩见蒋百里的三女儿蒋英长得十分漂亮，能歌善舞，活泼可爱，就恳求蒋百里夫妇，把已经五岁的蒋英"过继"给他们，做"干女儿"。

反正家里有五个女儿，蒋百里夫妇就慷慨地答应了钱家的请求。

按照当时苏杭一带的风俗，钱家还特意张罗了几桌酒席，请来了一些亲朋好友"亲眼见证"，让蒋英正式"过继"到了钱家。

从此，蒋英改名"钱学英"。小学英和从小照顾自己的一个奶妈一起住进了钱家，成了钱学森的"干妹妹"和两小无猜的小伙伴。

后来有一次，在蒋钱两家聚会时，少年学森和学英当着双方父母的面，合唱了一曲《燕双飞》。

两小无猜、青梅竹马的一对兄妹，唱得纯真、自然，让两家大人高兴得禁不住相视而笑。

这时候，蒋百里好像忽然明白了什么，低声对钱学森的爸爸说道："看来，你钱均夫要走了我的宝贝女儿，恐怕不只是因为缺个女儿吧？"

钱学森的爸爸笑着说道："岂敢，岂敢！只怕我家高攀不上啊！"

看得出来，蒋百里也非常喜欢钱学森这个勤学好读的少年，他对钱学森的爸爸再三叮嘱道："咱们学森啊，可是个少年天才，你可得好好培养他，说不定这就是咱们中国未来的爱迪生呢！"

当然，这时候，无论是钱学森还是蒋英都不会想到，孩童时代合唱的一曲《燕双飞》，竟然会成为他们日后相亲相爱、结为伉俪的美丽"预言"。

蒋英在晚年曾回忆说："过了一段时间，我爸爸妈妈醒悟过来了，更加舍不得我，跟钱家说想把老三要回来。再说，我自己在他们家也觉得闷，我们家多热闹哇！钱学森的妈妈答应放我回去，但得做个交易：你们这个老三，是我干女儿，长大了，将来得给我当儿媳妇。后来我管钱学森的父母叫干爹干妈，管钱学森叫干哥。我读中学时，他来看我，跟同学介绍，是我干哥，我还觉得挺别扭。那时我已是大姑娘了，记得给他弹过琴。后来他去美国，我去德国，来往就断了。"

蒋英后来毕业于柏林国立音乐学院，成为优秀的歌唱家、钢琴家。当时谁也没想到，这个原本是过继给钱家做女儿的钱学英，最后还是嫁到了钱家，成了钱家的儿媳妇。

就在钱学森和蒋英两小无猜的年月里，一九一九年，在北京，爆发了一个席卷全国也震惊全世界的大事件，就是伟大的五四运动。

五四运动，为中国历史翻开了新的一页。

五四运动爆发时，钱学森还只有八岁。

爱国运动的浪潮，虽然也吹到了他所在的高师附小校园里，很多爱国的青年教师，每天都在书写和张贴标语、参加示威游行，但是，小学生们毕竟年龄还小，学校也没有组织他们上街游行。

钱学森和他的小伙伴们只能趴在教室里的窗户边，望着那些熟悉的老师，抱着标语纸卷，挥着彩色小旗，忙碌着进进出出的身影。

"天下兴亡，匹夫有责。"这时候，在幼小的钱学森心头，也不时回响起爸爸妈妈给他讲过的那些古代的爱国名言……

少年有梦且缤纷

每个人的童年只有一次,而童年的时光又是多么短暂啊!

一九二三年,十二岁的钱学森,从国立北京高师附小毕业,升入了国立北京师范大学附属中学。

北京师范大学的前身是国立北京高等师范学校。钱学森升入中学这一年的七月,国立北京高等师范学校改名为国立北京师范大学,其附属中学,也就是今天的北京师范大学附属中学。

小小少年披着满身朝霞,进入了当时中国第一流的模范学校。不久后的一天,这所名校将会交给国家一个怎样的中学生呢?

钱学森晚年曾亲笔写下了一份文件,回忆了在

他一生中给他影响最大的人,共有十七位:

1. 父亲钱家治——写文言文
2. 母亲章兰娟——爱花草
3. 小学老师于士俭——广泛求知,写字
4. 中学老师:

    董鲁安(于力)——国文,思想革命

    俞君适——生物学

    高希舜——绘画、美术、音乐

    李士博——矿物学(十级硬度)

    王鹤清——化学(原子价)

    傅仲孙——几何(数学理论)

    林砺儒——伦理学(社会发展)

5. 大学老师:

    钟兆琳——电机工程(理论与实际)

    陈石英——热力学(理论与实际)

6. 预备留美:

    王助——经验设计

7. 留美:

    The odore von Karman

8. 归国后：

　　毛泽东、周恩来、聂荣臻

　　这里写到的父亲钱家治，"家治"是他父亲的字。

　　The odore von Karman，就是世界著名航空动力学家，也是钱学森留学美国时的导师，被誉为"超声速飞行之父"的冯·卡门博士。

　　我们看到，在他开列的这份名单中，中学老师竟然占了七位！而且全部集中在北师大附中。

　　可见，在北师大附中度过的中学阶段，对钱学森的一生有着深远的影响。毕竟，这既是给他打下了各类知识基础的阶段，也是开启了他未来的科学探索方向的时期。

　　据说，在少年钱学森和北师大附中的名师林砺儒之间，还发生了这样一个小故事——

　　林砺儒当时是北师大附中的主任，相当于校长，却并不是钱学森的任课老师。钱学森的父亲爱子心切，就特意找到林校长，请他辅导一下自己的儿子。

家长的心情，林校长当然能够理解，但是他并没有当即答应，而是出了几道题，要考一下钱学森。

两个大人在那里聊了一会儿天，不知道什么时候，少年学森跑到外面玩去了。而他的答卷，已经放在校长的桌子上了。

林校长看了一下学森的答卷，二话没说，就收下了这个学生，给他讲授和辅导伦理学。

那时候，林校长就在北师大附中力推教育和教学改革，反对那种填鸭式的死记硬背。

许多年后，钱学森回忆说："那个年代，在北京办学是非常困难的，但是，当时的校长林砺儒先生能把北京师范大学附属中学办成质量上乘的第一流学校，实在难能可贵。他实施了一套以提高学生智力为目标的教学方法，启发学生学习的兴趣和自觉性。当时我们临考都不开夜车，不死读书，能考八十多分就是好成绩，只求真正掌握和理解所学的知识。我在读书时，没有死背书，看了许多书，但从不死读书，而是真正理解书。"

林校长是一位著名的教育家，新中国成立后，他先后担任过北京师范大学校长、教育部副部长。

北师大附中当时分为理科部和文科部，钱学森选择在理科部学习。

他记得，上数学课时，教几何课的傅仲孙老师，经常对学生说："公式公理，定义定理，是根据科学、根据逻辑推断出来的，在课堂如此，到外面也如此，中国如此，全世界也如此，即使到了火星上，也是如此！"

傅老师的话说得形象风趣，而又斩钉截铁，给少年学森留下了深刻的印象，让他第一次领悟到了，严谨的科学，科学的逻辑性，应该就像钢铁一样坚硬！

教生物学的俞君适老师，经常把学生带到野外去上课，有时候还带着学生去田野里采集标本，教学生们解剖青蛙、蚯蚓等生物。

有一次，俞老师交给钱学森一条蛇，笑着说："我听同学们说，你平时很喜欢玩，也很会玩，那这个任务就交给你啦！"

钱学森嗫嚅着说："老师，这个……一点儿也不好玩哟！"

"你试试看嘛，能不能把它制成一个标本？不过，这个任务，第一需要胆量，第二需要细心，要有一定的技术。你肯定能行的！"

少年学森得到了老师的信任和鼓励，第一次亲手把一条滑溜溜、冷冰冰的蛇，做成了一个完美的标本。

这是他第一次制作标本，就赢得了老师和同学们的赞赏。

钱学森虽然是理科部的学生，但是在念小学时就特别喜欢文学、美术和音乐。北师大附中当时提倡的是一种"博雅"教育，开设了许多选修课，除了文学、音乐、美术，还有诗歌、外语等。学生们可以随意选修自己喜欢的课。

钱学森从小就受到父母的熏陶，能背诵很多的古诗文，所以对文学一直很有兴趣。在北师大附中读书阶段，他一度十分迷恋写作，曾用文言文写了不少散文小品。他对写作的兴趣，一直保留到了老年时期。

中学阶段，他对音乐的热爱和迷恋，也超过了一般的同龄人。

他曾回忆说:"我们的音乐老师也非常好,上课时,他用一部手摇的机械唱机(当时没有电唱机)放些唱片,教我们学唱中外名曲,欣赏各种乐曲,如贝多芬的《第九交响曲》等。后来,贝多芬憧憬世界大同的声响,一直在我心中荡漾。"

少年有梦且缤纷。在北师大附中读书时期,因为兴趣爱好广泛,知识面宽博,学森很快就成了一位名副其实的"学霸"。

不过,那个时候,无论是老师、同学,还是整个学校的风气,都并不鼓励大家一定要当"学霸"。

钱学森后来回忆说:"那时,每次临考前,大家从不紧张备考,不会因为明天要考试了,而临时开夜车背诵课本。大家重在理解,不在记忆。不论什么时候考、怎么考,都能得到七八十分。"

那时候,他和同学们还有这样的一个共识:明天要考试,今天赶着备考,那叫"没出息"。要考试就随时考试好了,不做任何准备,随时都能应考,这才叫"真本事"。

因此,这些学子才有更多的时间和心思,去热爱和涉猎文学、诗词、绘画、交响乐等。

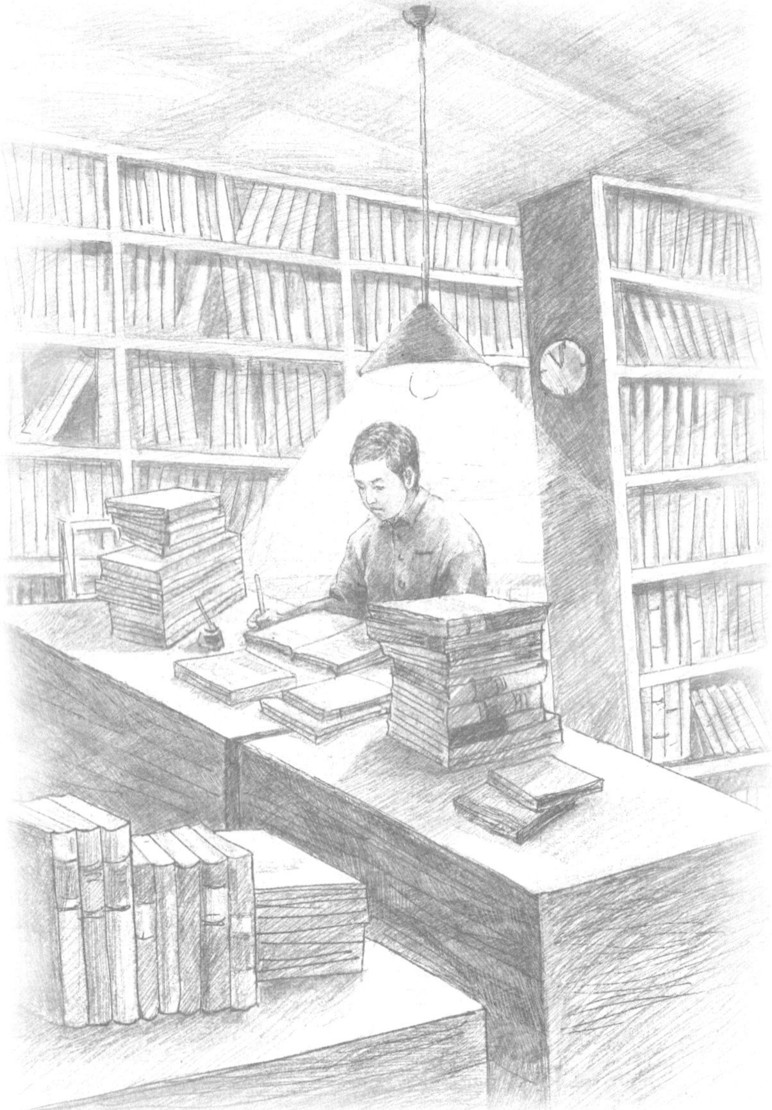

泡图书馆，也是少年学森的一大爱好。

北师大附中有一个藏书还算比较丰富的图书馆。对于钱学森来说，这里好像是一个"小世界"，是一个小小的"世外桃源"。他每次钻进这个"小世界"里，就好像忘记了一切，有时甚至忘记了吃饭，忘记了回教室上课的时间。

读初中三年级时，有一天，午餐后休息时，同学们聚在一起闲聊。

一位学生十分得意地说："你们知不知道，二十世纪有两位伟人，一位是爱因斯坦，另一位是列宁？"

大家听了，都有点儿茫然，便问他："你是怎么知道的？"

这位同学得意地说："从图书馆的一本书上看到的啊！爱因斯坦是科学伟人，列宁是革命伟人。"

那时候，爱因斯坦虽然已经创建了伟大的相对论，但这些少年学生对这位大科学家还很陌生。

列宁是俄国伟大的革命家，但知道他的同学也不多，更不用说马克思、恩格斯这些无产阶级思想家和革命家了。

这件事好像给了少年学森当头一棒，让他明白了，大千世界，万事万物，我们所知道的真是极其有限。

所以，从那以后，只要一有时间，他就跑到那个小图书馆里去，沉迷在书的世界里。

他后来回忆说："那个图书馆收藏有两类图书：一类是古典小说，像《西游记》《儒林外史》《三国演义》等，这类图书要有国文老师批准才能借阅；另一类是科学技术图书，我们自己可以借来看。"

少年学森那时候经常去借阅的，主要就是科学技术类图书。

到了高中一年级时，他就去图书馆借来了介绍爱因斯坦的相对论的书来阅读了。虽然不能完全看得懂，但他从此知道了，爱因斯坦的相对论概念和相对论理论，是得到了天文观测证实了的，属于严谨的科学论断。

少年学森的英语基础，也是在北师大附中学习阶段打下的。

进入高中二年级时，他又选修了德语。

钱学森在晚年还时常怀念自己的母校北师大附中。

他不无自豪地回忆说:"当时高中分文、理科,我在理科。我今天说了,恐怕诸位还不相信,我高中毕业时,理科课程已经学到我们现在大学的二年级了。"

两个"一百分"

一九二九年九月，钱学森从北京师范大学附属中学毕业，并以总分第三名的成绩，考取了位于上海的国立交通大学①机械工程学院，开始攻读铁道机械工程专业。

今天，人们说起钱学森，都知道他是中国航天工程的奠基人、导弹专家，却很少有人知道，他当初是学铁道机械工程的。

当年考取交大的前三名高才生，第一名是钱钟韩，后来成为著名的工程热物理和自动化专家，中

---

① 交通大学，1896年诞生于上海，当时叫南洋公学。1921年改名国立交通大学。1956年，交通大学部分西迁。1959年7月31日，经国务院批准，交通大学留沪部分，更名为上海交通大学，迁西安的部分定名为西安交通大学。——编者注

国科学院院士；第二名是俞调梅，曾任上海同济大学教授，武汉长江大桥、上海宝山钢铁厂科学技术顾问。

我们在前面讲过，钱学森在北师大附中接受的，是一套以启发学生兴趣和智力为目标的兴趣教育和博雅教育，他非常喜欢和认同这种教育风气和教学方式。无论是老师还是同学，都是"不以分数高低论英雄"的，能考八十分以上的，就是好学生。

但进入交通大学后，钱学森发现，交大的教学方法与北师大附中宽松的教学方法是完全不同的，对学生们学业上的要求，也非常严格和苛刻。

学校里有规定：凡是重要课程的课文，学生都必须熟读和硬记原文；对考分的要求也很明确，只有考到了九十分以上，才能算优秀生。

刚入学第一年，钱学森还像在北师大附中时一样，对分数并不在意。对学校开设的各门课程，钱学森凭着中学时打下的坚实基础，没费多大力气就能应付了。只不过，他得到的分数，总是一般般。

到了大二时，钱学森发现，同学们好像都在为分数而奋斗,都在以分数论英雄,以分数评判谁是"学霸"。

当时,这些从各地考来的高才生,私下里按照中学学校的不同,大致分成了两派:一派是北师大附中派,简称"北平派";另一派是江苏扬州中学派,简称"扬州派"。两派学生暗中较劲,互不相让,在学习成绩上形成了你追我赶的竞争局面。

钱学森少年气盛,满怀恃才傲物的自信。

他想,为了维护自己的母校北师大附中的荣誉,哪怕从心底里不赞成这类"分数大战",但作为"北平派"的"主力队员",他决不能服输,必须以绝对的优势,"碾轧"对手!

因此,这个时期,他发挥了自己的"学霸"强项,学习成绩直线上升,几乎门门都考九十分以上。

这场虽然无声却争斗激烈的"分数大战",持续了整整一个学年。以钱学森为主力的"北平派",一个个越战越勇、斗志昂扬!可怜那些"扬州派"同学,一个个则是"杨柳岸,晓风残月",终于不敌来自皇城根儿的北方"学霸"们,最后只好甘拜下风了。

在交通大学，多少年来，一直流传着钱学森在这场"分数大战"中留下的"两个一百分"的故事。

它们不是后来人演绎出来的传说，而是当时真实的校园故事。

一九三三年，二十二岁的钱学森正在铁道机械工程系读三年级。

讲授水力学的一位教授，名字有点儿奇特，名叫金悫。

这个"悫"字，是"诚实谨慎"的意思。

六月二十四日这天，水力学考试后，金悫老师把考卷发下来，给大家讲评道："第一名钱学森，一百分，满分！"

这位金教授平时有个特点，每次考试时，他都会故意设置一两道超难的题，也许是想故意压一压那些太过自信的"学霸"的傲气吧。

但他没有想到，钱学森竟然全做对了。

金老师从讲台上拿起第一份考卷，笑眯眯地递给了钱学森。

这时候,"北平派"的同学都报以热烈的掌声。

"扬州派"的同学,一个个又是羡慕,又是叹息道:

"厉害啊学森,又是满分啊!"

"没办法,'北平派'这次又抢风头了!"

可是这时候,钱学森却在满腹狐疑地审视着自己的卷子。

因为这次考试,刚一交完卷,他就发现,自己有一处留下了笔误:在运算一个步骤时,他一时疏忽,将一串公式中的"Ns"写成了"N"。

他试着计算过了,这个笔误,按照老师平常严格的打分标准,至少要被扣掉四分。而此时,老师却宣布自己得了满分!

"难道是……我自己记错了吗?"学森一开始还有点儿犹豫不决。等他看完了老师批阅的试卷,他坚信,那一处清清楚楚的笔误,连金老师也没有发现。

这时,钱学森毫不犹豫地举手报告说:"对不起,金老师,我不是满分。"

全班顿时一片寂静。金老师也有点儿莫名其

妙了。

只见钱学森站起身，恭敬地把考卷送到讲台前，向金老师指出了自己的这个笔误。

金老师仔细地看了一遍，抬起头，望着学森，肯定地点了点头，立刻把试卷改成了"九十六分"。

不过，金老师接着就大声对同学们说道："好样儿的，钱学森！尽管因为这个笔误，他被扣掉了四分，但是，同学们一定要记住，这种实事求是、一丝不苟的严谨态度，正是做学问和从事科学研究必不可少的前提！从这一点上说，钱学森同学，你在我心目中，仍然是满分！你们说，是不是？"

"是！当然是！"

全班同学，再次对钱学森报以热烈的掌声。

一九八〇年，钱学森回到母校交通大学，看望自己的老师们。

这时候，年老的金教授拿出了当年的这份试卷，向大家回忆起了这个"一百分"的故事。

现在，钱学森的这份试卷，就被珍藏在上海交通大学档案馆里。一九九六年，上海交通大学建校百年庆典上，作为一份珍贵的历史档案，这张试卷

两个"一百分"

首次被公开展示，也成为交大校史上最为有趣，也最为人们津津乐道的校园故事之一。

第二个"一百分"的故事，是一份实验报告。

在交通大学学习期间，钱学森特别重视实验课，无论做什么实验，都非常认真仔细，一丝不苟。

有一次，老师布置热工实验。

钱学森写出的实验报告特别详细，长达一百多页，完整、详尽地记录了他在实验中观察到的各种现象和细节，而且书写工整、清爽，图画标识十分清晰。

负责热工实验的老师陈石英教授看了，为之惊叹，认为这才是高质量的和最符合"标准"的实验报告，于是，就给了一百分的满分。

要知道，给一位学生做的实验报告打一百分的成绩，这在交通大学历届学生中是极其少见的。

这份满分的实验报告，不仅成了交通大学机械工程系历史上最佳的学生实验报告，也是交通大学校史上的一份珍贵的"文物"。

钱学森在交通大学读书时期，交大的校规是十分严苛的。按照当时的校规，考试科目有百分之三十以上不及格的，不准补考，只能留级；超过百分之五十不及格的，只能退学。所以，能坚持到毕业时，各科成绩平均八十分以上的学生，寥寥可数。

钱学森每一学年的平均成绩，都在九十分以上。按照学校规定，平均成绩九十分以上的，可获得免交学费的奖励。钱学森是获得这项奖励的少数优秀生之一。

航空的梦想

在那古老而遥远的年代里，我们的祖先曾经做过无数美丽的"飞天梦"。他们幻想着用自己智慧的双手，打造出一把"金钥匙"，去打开通往蓝天的路径。

如果你去过敦煌莫高窟，走进那些大大小小的洞窟里，你会看见许多生动的彩塑和壁画上也描画着美丽的"飞天"。

我们的祖先把人类在太空自由飞舞的形象刻画得活灵活现、栩栩如生。

我国东汉时期的科学家张衡，还发明和制造出了一种可以飞翔的"木鸟"。在五百多年前的明代，一个名叫万户的人，也突发奇想，想用"火箭"作为动力，载着人飞到天上去。于是，他坐在一把捆绑着四十七支"起火"（土火箭）的椅子上，手持两个大风筝，幻想着能够飞上天空……

虽然万户的飞天梦想并没实现，但是他的想法和思路，给后人留下了宝贵的启示。为了纪念中国古代这位"火箭载人"飞行的"幻想者"和"预言家"，现在，月球上有一座环形山，就是以"万户"的名字命名的。

飞向蓝天，飞向太空，飞向月球……

这是中国人千百年来一直在追求的一个伟大的梦想！

冯如（1883—1912）是中国近代第一位飞机设计师、制造者和飞行家。他出生在华侨之家，祖籍是广东恩平。他从小喜欢制作风筝和车、船等玩具，喜欢《山海经》里的神话故事，特别是一些"飞天"故事。

十二岁时，他跟随父亲漂洋过海来到美国谋生，在旧金山给人家做零工。他勤奋好学，一边工作一边自学，二十三岁时就成为一名非常出色的工程师。

在美国，他目睹了那里的先进工业，心中暗暗思忖：中国要富强，必须依靠发达的工业技术。在详细了解了莱特兄弟的故事之后，他也开始研究一些机械的制造，然后悄悄开始了飞机制造。

当时，伟大的革命家孙中山先生正在旧金山从事革命活动。他鼓励冯如制造出飞机，为国争光。

然而，要研制出一架飞机，谈何容易！首先遇到的困难就是缺乏资金。冯如变卖了自己所有的家当，仍然不能解决问题。于是，他开始到当地华侨中去做宣传，募集资金。最终，冯如募集到了一千多美元，办起了中国人的第一家飞机制造公司。

一九〇七年九月，冯如和他的助手，青年爱国华侨朱竹泉、朱兆槐、司徒璧如一起，在附近租了一间厂房，开始了艰辛的研制工作。

当时莱特兄弟的飞机刚刚起飞成功没多久，他们的所有资料全部封锁了起来，没有外传。冯如他们只能靠自己掌握的空气动力学的知识，白手起家绘制设计图纸。

一九〇九年，经过无数次的失败和反复试验，冯如终于制成了一架带前升降舵的双翼飞机。这

航空的梦想

架飞机采用了新颖的菱形结构，大大减轻了重量，四五个人就可以把它抬起来。这年十月，冯如和他的朋友们一起抬着飞机，走进了旧金山国际飞行比赛赛场……

最后，比赛主办者满怀敬意地把国际航空协会甲等飞行员的优等证书，颁发给了飞行技艺高超的冯如先生。前来观看比赛的海外华侨们，激动地把冯如举了起来，抛向空中。他们都为中华民族而感到自豪。

冯如制造飞机成功后，不少外国人争相高薪聘请他，但他毅然拒绝了他们的优厚待遇。一九一一年，也就是钱学森出生那一年，冯如携带着自己制造的两架飞机，千里迢迢返回了祖国母亲的怀抱，投身到了祖国的航空事业之中。

一九一二年八月二十五日，在一次飞行表演中，冯如驾驶的飞机失控坠落了。他身负重伤，临去世前，他捧着飞机模型对学生说："不要难过，也不要丧失前行的信心，灾难是难免的。"

二十八岁的冯如先生，为中国的早期航空事业献出了年轻的生命，但后世的人们，会永远铭记这位了不起的中国航空先驱。

在冯如先生为中国的航空事业殒身十九年之后，一九三一年，日本侵略者在我国东北发动了震惊中外的"九一八事变"，轻易地侵占了沈阳、长春等二十多座城市。仅仅四个月内，东北三省就全部沦陷在敌寇手中。

占领东三省后不久，日本军国主义者又把贪婪的目光投向了上海。一九三二年一月二十八日，上海的日军向驻守在闸北的中国军队发动了突然袭击，驻守在上海的国民革命军第十九路军官兵与上海人民奋起反抗，淞沪保卫战由此打响了……

在这场战役中，日军曾出动三百多架飞机、八十多艘军舰，围攻孤军奋战在上海的中国军队。

当时，看到报纸上每天登载的日军飞机在中国的领空狂轰滥炸的新闻图片，钱学森的拳心里几乎都攥出汗水来！

淞沪之战，让这个热血青年第一次亲眼看到，也痛苦地感受到了，国家在科技和军事方面落后于人，直接导致的挨打和亡国之痛！

日本军队凭借着空军优势，牢牢掌握了制空

权。日本的飞机可以肆无忌惮地对中国军队实施空中打击，给中国军队和无数平民百姓带来了惨重的伤亡。

中国也必须拥有自己强大的空军！发展中国的航空事业，刻不容缓！当时的许多有识之士，已经形成了一种共识。

正是在这种背景下，钱学森的母校交通大学，在一九三三年下半年，开设了一门航空工程课程。

钱学森在即将毕业的那一学年里，毫不犹豫地选修了这门课程。

当时，全校选修这门课程的共有十四名学生。连续两个学期，钱学森的成绩都是这十四名学生中最为优秀和突出的。

他的心中回响着孙中山先生曾经提出的一个口号：航空救国！是的，"航空救国"这四个字，正在惊醒饱受了战争之痛的中国人。

一九三四年六月三十日，钱学森以总平均分数八十九点一分的成绩，从交通大学机械工程学院毕业。

这个成绩，是机械工程学院那届毕业生中的第一名。

　　许多年后,钱学森回忆说:"我要感谢那时的老师们。他们教学严,要求高,使我确实学到了终生受用的知识。"

谁言寸草心

钱学森大学毕业的那个年代，在清华大学，设立有一个可以公费去美国留学深造的"庚子赔款"资助项目。

"庚子赔款"，是指一九〇〇年八国联军攻入北京后，腐朽无能的清政府与帝国主义列强签下了一个丧权辱国的《辛丑条约》，条约议定：清政府赔偿俄、德、法、英、美、日、意、奥八国及比、荷、西、葡、瑞典和挪威六个所谓"受害国"的军费、损失费计四亿五千万两白银，赔款期限从一九〇二年至一九四〇年，加上每年的利息，本息合计九亿八千多万两。因为一九〇〇年是阴历庚子年，所以被称为"庚子赔款"。

这笔巨额赔款，折合成美元计算，美国分到了两千五百万美元，是它实际向中国索赔数额的两倍。

一九〇八年，经过多次交涉，当时的美国总统西奥多·罗斯福，经过美国国会同意，愿意把所得的"庚子赔款"中的一半，退还给中国。

当时，清政府希望用这笔钱去建设铁路、开凿矿山。美国政府却提出，用这笔钱建立一项基金，作为资助中国公派赴美的留学生的费用。美国人是希望用这笔钱，吸引中国留学生赴美学习，造就一批接受美国教育的中国精英，达到美国将来能够从知识和精神上"控制中国"的目的。

美国在如何退还这笔赔款的事情上，真是"用心良苦"！

一九三四年夏天，钱学森从上海来到南京，参加了一年一度的清华大学留美公费生的考试。

当时，考场没有设在北平的清华大学，而是设在南京的中央大学。这一年，全国只招收二十名留美公费生。而二十个名额中，"航空门（机架组）"，也就是"航空机架"专业仅占一个名额。

这个"航空机架",就是飞机机架的设计和制造。飞机除了发动机之外的主要部分,就是机架。

考试结束后,不到两个月,醒目的通告出来了:

"航空门(机架组)一名:钱学森。"

这也意味着,钱学森未来的专业方向,不再是铁道机械工程,而是航空机械工程了。

他是在朝着"航空救国"的梦想,义无反顾地迈进!

和他同一年考取留美公费生的,还有后来成为著名考古学家的夏鼐,成为著名物理学家的王竹溪,成为著名气象学家的赵九章,成为著名水利家的张光斗,成为著名植物生理学家的殷宏章……

现在看来,钱学森选择了"航空救国"的道路,并不是毫无准备的。他在交大读书时,仍然保持着经常去图书馆看书的好习惯。从他在图书馆时常寻找和阅读的一些书的内容来看,他其实已经开始在为日后选择"航空救国"的志向,悄悄地做着知识上的准备了。

他回忆说:"对图书,特别是对科技书,那真是如饥似渴，什么科目的书都看。我是学机械工程的，常去找有关内燃机的书……四年级的学业是蒸汽机车。但是到图书馆借读的书绝不限于此，讲飞艇、飞机和航空理论的书都读，讲美国火箭创始人戈达德的书也借来看。我记得还借过一本英国格洛尔写的专讲飞机机翼动力学的书来读。当时虽没有完全读懂，但总算入了空气动力学理论的门，这是我后来从事的一个主要的专业。"

就在他刚拿到留美公费生录取通知的日子里，有一天，他在翻阅一沓过期的旧报纸时，突然看到了一个令他感到悲伤和惋惜的消息：

伟大的女科学家玛丽·居里，在不久前的七月四日，不幸与世长辞了！

居里夫人是因为科学实验，不断地接触到放射性物质，最终死于白血病的。

这一天，钱学森心情沉重地重温了这位女科学家留给世界的一段名言："如果你希望成功，应当以恒心为良友，以经验为参谋，以当心为兄弟，以希望为哨兵……"

居里夫人去世的消息，让钱学森顿时又想到了自己的母亲。

就在他从交通大学毕业那天,他的父母还专程从杭州来到上海,庆祝他大学顺利毕业,并亲自迎接儿子回家。

不料,回家后不久,母亲就一病不起了。

母亲的体质原本就虚弱,在病中,她又日夜思虑:自己这个唯一的儿子即将漂洋过海,独自远行异乡,往后的生活,谁来照顾他啊?

也许是因为过度焦虑和惦念,母亲的病竟然一天天加重,后来虽经多方求医,还是未能治愈。

最终,慈爱的母亲在这个夏天里不幸早逝了,年仅四十七岁。

母亲的过世,在钱学森心中留下了永远的伤痛。

在准备出国行装的时候,钱学森悄悄地把母亲用过的一块手绢,轻轻地放进了自己的行李箱里。

洁净的丝绸手绢上,有母亲亲手绣的两朵她平生最喜爱的荷花。

那一瞬间,他想,在大洋彼岸,在陌生的异国他乡,有母亲的手绢伴随着他,也许能时常看见母亲慈祥的面容，闻见母亲那熟悉的气息吧……

"慈母手中线，游子身上衣。临行密密缝，意恐迟迟归。谁言寸草心，报得三春晖。"

寂静的夏夜里，钱学森默默地念诵小时候母亲教给他的孟郊的《游子吟》。此时，母亲不在了，不能再给他缝衣服了。但是，母亲的恩情，会永远铭记在他的心中。

这样想着，他的眼睛里无声地淌着滚滚的热泪……

星空茫茫

一九三五年八月二十日，随着一声汽笛长鸣，一艘远航的大船，缓缓地启碇驶离了黄浦江码头，驶离了吴淞口，朝着浩瀚的太平洋驶去……

这艘大船就是开往美国西海岸西雅图的"杰克逊总统号"邮轮。

二十四岁的青年钱学森，这时候静静地站在船舷边，望着渐渐模糊的祖国的海岸，眸子里闪烁着晶莹的泪光。

他把手伸进口袋里，轻轻地触摸着口袋里的一块丝绸手绢，那上面有母亲亲手绣上去的两朵荷花。

在这艘"杰克逊总统号"邮轮上，共有二十名

中华先锋人物故事汇 **钱学森**

来自全国的清华大学留美公费生。

大海茫茫，星空茫茫……

大船在浩瀚的太平洋上航行了二十多天。

在快要到达西雅图时，所有的青年学生都换上了洁白的衬衣和整齐的西装外套，系上了领带，然后站在邮轮甲板的栏杆旁和扶梯上，拍下了一张珍贵的合影。

然后，每个人又各自选择不同的背景和姿势，拍下了一张单人照。

钱学森也站在扶梯上，微抬左腿，踏在台阶上，拍了一张帅气的单人照。

这张合影和单人照，钱学森一直珍藏在身边。

大船停泊到了西海岸后，大家留下各自的联系方式，然后各奔前程。

钱学森要去的地方最远。他要从西海岸穿越美国内陆，一直走到东海岸的波士顿去。他将在坐落于波士顿的麻省理工学院航空系，开始自己一段崭新的留学生涯。

一九三五年九月，钱学森正式进入麻省理工学院航空系学习。

麻省理工学院创建于一八六一年，坐落于美国波士顿市的剑桥镇上，虽是一所私立研究型大学，却被誉为"世界理工大学之最"。截至二〇一八年，先后有九十三位诺贝尔奖得主，曾在麻省理工学院工作或学习过。像哈佛大学的第二十七任校长劳伦斯·萨默斯，"欧元之父"罗伯特·蒙代尔，以色列前总理内塔尼亚胡，世界著名建筑大师贝聿铭……都是这所大学的校友。

当然，这时候这所大学还不知道，要不了多久，它将因为钱学森的到来，又增加一位赫赫有名的中国校友……

坐在大学校园的绿草地上，钱学森还是那么喜欢仰望星空。

这倒不是因为第一次生活在异国，多少有点儿想家，特别是想念自己的父亲；也不是因为独处大洋彼岸，内心有一种挥之不去的孤独感。

坐在异国他乡苍茫的星空下，钱学森经常想到的是自己古老和艰辛的祖国的命运，想到中国人无论走到哪里都无法摆脱的，一种遭受白眼、饱受歧视的不公正的待遇。

所以，在最初进入麻省理工学院的日子里，钱学森总是有点儿闷闷不乐、郁郁寡欢。

一位当年也在这里读书的美国同学回忆说："钱是一个不爱说话，又比较害羞的人。"

实际上，钱学森的性格并不是这样的。他的兴趣和爱好极为广泛，而且乐观自信，甚至有些争强好胜。

他的闷闷不乐，是因为他怎么也没有想到，过去在上海外滩公园门口看到的"华人与狗不得入内"的牌子带给他的痛苦，在这里仍然存在。走在美国的大街上，或去参加一些时事讨论会，他不时地还会感受到这种种族歧视。

许多年后，钱学森回忆起这样一件事情——

有一次，一个美国同学当着他的面，肆意地耻笑中国人抽鸦片、裹脚、不讲卫生、愚昧无知，等等。

在这些美国青年眼里，中国人的形象和精神面貌，仍然停留在鸦片战争以前的"东亚病夫"的标签上。

钱学森忍受不了这种歧视。他听了那个同学的话之后，立即脸色严肃地向他"挑战"说："请你不要嘲笑我的国家！我们中国作为一个古老的国家，现在的确比美国落后一些，但是作为新一代的中国人，作为个人，你，你们，敢和我比试一番吗？无论哪一方面！"

这个同学一听，顿时意识到自己太放肆了，赶紧和颜悦色地说："对不起，钱，我……我们比什么呢？"

"到期末的时候，比一比谁的成绩好，如何？"

钱学森的自信很快得到了证实。

当时，有位教授每次考试时，给学生们出的都是十分刁钻的偏题、怪题，很少有学生做得出来。一些学生就提出了反对意见，认为这是教授有意为难他们。

于是，这些学生一起嚷嚷着，来到了教授的办公室门口。

这位智慧的教授似乎早就料定这些学生会来找他的，所以，他关着门，只在门上贴出了一份试卷。

同学们觉得奇怪，就上前仔细查看这份试卷。

只见卷面干净整洁，每道题的运算过程和最终答案都清晰正确，甚至没有一处修改和涂抹的痕迹，可以推断，这份试卷是一口气很流畅地做下来的。

教授在卷首打了一个大大的"A"，后面还有三个醒目的"+"号。而做出这份试卷的学生，正是来自中国的钱学森。

从此，同学们对钱学森心服口服，再也不敢在钱学森等中国同学面前随意谈论中国人如何愚昧落后的话题了。

钱学森凭着自己的发奋和努力，在麻省理工学院只用了一年时间，就拿到了飞机机械工程硕士的学位。

可是，学习机械工程，就要经常到工厂去参加实践。当时美国的航空工厂里，中国学生经常受到歧视，有的干脆不接纳外国学生，只允许美国学生去实习。

所以，一年之后，年少气盛的钱学森就从飞机机械工程专业，转向了航空工程理论，即应用力学的学习。

当时，美国的航空理论研究中心不在麻省理工学院，而在位于洛杉矶的加州理工学院。那里有位冯·卡门教授，是航空理论研究领域的巨擘和权威。

一九三六年十月，钱学森离开大西洋彼岸的波士顿，来到太平洋岸边的洛杉矶，进入加州理工学院航空系，跟着科学大师，被人们称为"超声速飞行之父"的冯·卡门先生学习航空动力学。

冯·卡门先生主持的航空实验室，被誉为人类火箭技术的摇篮。钱学森很快就成了大师最赏识的学生和最信任的助手。

美丽的繁星在闪烁……

星星好像在呼唤着每一个喜欢仰望星空的人。

恩师

一九三六年十月,钱学森转学到了加州理工学院航空系。

当时,大名鼎鼎的匈牙利科学奇才、空气动力学家冯·卡门教授,就在这所学校任教。

今天,在月球上有一座环形山(陨石坑),就是以他如雷贯耳的名字命名的。

钱学森慕名来到冯·卡门面前,希望能跟着他学习航空动力学。

冯·卡门打量了一下这个仪表庄重、神情诚恳的中国学生,接着提出了几个问题让钱学森回答。

钱学森稍加思索,准确地回答出了他的提问。

冯·卡门心中有数,暗自高兴,爽快地收下了这个中国学生。

"孩子,你来自一个古老而伟大的民族!好好学吧,我相信,一个诞生过孔子这样伟大的思想家的国度,未来一定也能遨游于航空世界!是的,航空和航天科学,一定能让你的苦难深重的民族和国家,像凤凰一样浴火重生的!"

冯·卡门在晚年写的一本回忆录里,专门用了一章的篇幅,叙述自己最得意的一位学生,就是《中国的钱学森博士》。

他像一位师长,也像一位朋友一样对待钱学森。他清晰地记得,自己第一次见到钱学森时,就深深喜欢上了这个仪表严肃的中国青年。他对钱学森说:"到我这里来吧。你在这里可以得到你所需要的知识。我相信我们会合作得很完美。"

从此,钱学森成了冯·卡门教授的得意门生。

加州理工学院的教学理念和麻省理工学院有些不同。冯·卡门教授一再强调理、工结合,希望自己培养出来的学生具有自主创新精神。加州理工学院培养学生的目标,也是希望他们能成为具有创新精神的科学家。

冯·卡门曾这样问学生们："请告诉我，在你们心中，一百分的标准是什么？"

有的学生回答说："当然是每一个题目都答得非常准确啦。"

冯·卡门教授说："我要告诉你们的是，我的标准，跟你们并不一致。我认为，任何一个工程技术问题，根本就不存在什么百分之百的准确答案。要说有，那也只是解决问题和开拓思路的方法。"

钱学森听到这里，觉得教授的话和他心中的想法不谋而合。

冯·卡门教授继续说道："比如说，有的学生的试卷，对问题分析仔细，重点突出，方法是准确的，而且有自己的创新观点，但是因为个别运算有瑕疵，最后答案错了；而另一个学生的试卷答案完全正确，但解题方法十分烦琐，毫无创造性。这时候，按照我的标准，我会给前者一个更高的分数作为奖励。"

冯·卡门教授的这些话，深深启发了钱学森对科学上的创新能力和创新精神的思考。

他后来回忆说，在加州理工学院，拔尖的人

才很多，他必须和他们"竞赛"，才能跑到最前沿。而且那里的创新能力的培养，还不是一小步一小步地"小跑"，而是大踏步地、跳跃式地迈进。加州理工学院更欣赏有独立见解的学生，如果你提不出超越一般人的新鲜见解，你在那里是站不住脚的。

有一次，著名科学家、物理系教授保罗·爱泼斯坦，遇到了冯·卡门教授，满脸喜悦地对他说道："你知道吗？你的学生钱学森，有时会来我的班上听课，钱，才华横溢！祝贺你有这样的得意门生！"

冯·卡门听了，不无自豪地回答道："谢谢！是的，他很优秀。"

爱泼斯坦是一位犹太人，这时候他又诙谐地问道："你是否觉得，他的身上有犹太血统？"

"犹太血统？不！他是实实在在的中国人！"

冯·卡门当然明白，这是爱泼斯坦故意在开玩笑。

两位教授摊摊手，耸耸肩，都开心地大笑起来。

又有一次,在一个学术讨论会上,钱学森宣读了自己的一篇论文后,有位老教授站起来,提出了不同的意见。

钱学森认真地听完老教授的意见,稍加思索后,坚信自己的推断没有错,就十分沉着,也毫不客气地驳回了这位老教授的质疑。

这种平等的学术讨论,原本也是极其正常的,大家都没有觉得有什么不妥。讨论继续进行了下去。

事后,冯·卡门教授笑着问钱学森:"钱,你知道那位绅士是谁吗?"

钱学森茫然地摇了摇头,说不知道。

冯·卡门教授大笑着说:"那么让我来告诉你吧,他就是大名鼎鼎的冯·米塞斯先生。"

钱学森一听这个名字,顿时十分惊讶地啊了一声。

"天哪!原来他是力学泰斗冯·米塞斯先生啊!"

冯·卡门教授说:"我听说,你们中国有句俗语:初生之犊不畏虎。好极了!"

恩师

"不，教授，我要是知道他是大名鼎鼎的冯·米塞斯先生，我是绝不敢站起来反驳他的。"

"不，你做得对，你回答他的那句话，也好极了！"

不久，钱学森获得冯·卡门教授更深的赏识和信任，幸运地做了他的得力助手。

在冯·卡门身边，钱学森在科学领域成长很快。冯·卡门吸收他进入了他主持的古根罕姆航空实验室，做了研究生。这个实验室，后来成为美国火箭技术的摇篮。钱学森是在这里进行火箭技术研究的最早的三名成员之一。

在钱学森和他的恩师冯·卡门之间，也发生过不那么愉快的"争吵"。

有一次，也是在一个学术问题上，师生二人因见解不同，发生了一场互不相让的争论。

"吾爱吾师，吾更爱真理。"钱学森坚信自己是对的，一点儿也不肯服输。

因为争论得不可开交，冯·卡门教授最后大发脾气，气得把一沓论文狠狠地摔到了地上。

钱学森从未见到自己的老师生这么大的气，就低下头,默默地收捡起论文,不声不响地离开了。

第二天下午,冯·卡门教授突然推开实验室的门,走到钱学森面前,抱歉地对钱学森说道:"你离开之后,我冷静地计算了一遍,发现你是正确的,而我是错误的,对不起,我错怪你了!"

"老师,谢谢您的肯定。是我太固执了。"

"不,对待科学和真理,就需要这种固执。"

这件事,让钱学森终生难忘。冯·卡门先生这种虚怀若谷、真理至上的大师风范,深深影响着钱学森的一生。

火箭俱乐部

一九三八年秋天,冯·卡门先生和加州理工学院院长米立肯,一起飞往华盛顿出席一个会议时,接受了一个重大的研究课题:设计和试制一种助推火箭。试制成功后,可用于军事行动中。

当时,为了保密,这项研制计划的代号是"JATO"。

在冯·卡门先生门下,有一位来自波兰的航空工程研究生,比钱学森小一岁,名叫马林纳。在马林纳的建议下,几位对火箭研究十分着迷的、志同道合的年轻人,成立了一个"火箭俱乐部",又叫"火箭社"或"火箭小组"。

钱学森后来回忆说:"马林纳这个人很聪明,

小组的其他几个人动手能力也很强，但他们在理论上不怎么行，于是找到我，要我帮助他们解决一些理论和计算问题。"

"中国男孩，欢迎你成为'火箭俱乐部'的一员！"

这样，钱学森这个和他们年龄相仿的"中国男孩"，也被拉进了他们的"火箭俱乐部"。

正好，钱学森在交通大学读书时，就对火箭一直充满兴趣。"火箭俱乐部"的伙伴们敞开怀抱，拥抱了一位来自中国的"火箭迷"。

一个美丽的星夜里，钱学森和"火箭俱乐部"的伙伴们一起，向着苍茫的夜空发射了他们制造的第一枚小火箭。

小火箭带着他的梦想，向着夜空飞去……

那一瞬间，钱学森十分激动：自己来到加利福尼亚州的梦想，不就是为了让自己的祖国和民族，也让人类的科学文明，像火箭一样，飞得更远、更快、更高吗？

正是从这个"火箭俱乐部"开始，钱学森后来也成为世界著名的火箭和导弹专家，为人类科学事业做出了巨大的贡献。

当然，这是后话了。

在钱学森跟随冯·卡门学习的这个时期，第二次世界大战的硝烟，已经开始弥漫在全世界的上空。但是，世界科学技术，尤其是航空和航天技术，仍然没有停止前进的脚步。

这个时期，钱学森在冯·卡门教授的指导下，专心攻研高速空气动力学。这是当时航空领域最前沿的课题。

那时候，要想实现飞机的高速飞行，必须突破一个被称为"拦路虎"的难关，那就是"声障"问题。

冯·卡门要求钱学森把这个尖端问题，作为博士论文的研究课题。

当时，许多这方面的专家和研究人员都明白，这是航空领域很多卓有建树的专家都想解决的课题，却一直没有找到解决的办法。

那么，把这个课题交给一个刚刚开始攻读博士学位的研究生，有把握吗？

冯·卡门对钱学森充满了信心。

他对身边的同事说:"钱学森具有高超的想象力,同时也拥有惊人的数学才智,他的天赋,超出了我的预料。"

正是因为有了对钱学森的了解,冯·卡门这位匈牙利犹太人科学奇才,对于中国这个古老的东方大国正在蒙受日本军国主义的侵略和欺凌,充满了人道主义的同情,也寄希望于钱学森,有一天能为自己的祖国争一口气。

冯·卡门曾说:"在这个世界上,最有智慧的民族有两个,一个是犹太民族,另一个就是中华民族。"

正是因为有了这样一位杰出的大师的精心指导,钱学森如鱼得水,在空气动力学研究领域孤身突进,不断地拿出令人惊讶的研究成果。

自然,那也是一段极其艰辛的、"为伊消得人憔悴"的日子。

钱学森后来回忆说:"我在写空气动力学方面的博士论文的时候,把关于空气动力学方面英文的、法文的、德文的、意大利文的二百多篇文献,全部看过,而且进行了仔细分析,以求厘清空气动力学的来龙去脉。"

经过两年多的艰难攻关，钱学森最终找到了解决的方法，提出了一个令人信服的解决问题的公式。

这就是著名的"卡门-钱公式"。

这个公式公开发表后，在第二次世界大战期间，还有之后很长的时期里，都被广泛运用在飞机翼型的设计领域。

因为这个著名的公式，年轻的钱学森，不仅顺利地通过了博士论文的答辩，也因此成为世界航空领域一颗耀眼的新星。

一九三九年夏天，他获得了加州理工学院航空、数学博士学位。

博士学位完成后，钱学森面临着两个选择。

一个是返回自己的祖国，投入国内正在全面卷起的抗战洪流中；另一个就是留下来，继续从事空气动力学方面的科学研究。

冯·卡门先生像一位慈祥的父亲，希望钱学森能留下来，和他继续合作、研究新的课题。

冯·卡门对钱学森说："与法西斯作战，不仅是在看得见的战场上，你在这里从事科学研究，也是在为反法西斯聚集力量。"

冯·卡门曾两次到过中国。

一次是钱学森还在上海的国立交通大学读书时。自然，那个时候钱学森作为一名大学生，还没有机会见到自己未来的这位恩师。

另一次是在一九三七年六月，冯·卡门应邀去苏联和中国访问。

他从苏联的西伯利亚出发，坐了十天十夜的火车，进入了中国的东北地区，然后越过山海关，到达了北平。

他亲眼看到了中国北方的乡村和城市，在日本侵略者的铁蹄下所遭受的苦难，以及满目疮痍的悲惨景象。

正是这次中国之行期间，冯·卡门帮助清华大学建立了中国科学研究史上的第一个"风洞"实验室。同时，他也亲眼见证了一个重大的事件：

七月七日下午，他由清华大学工学院院长兼航空研究所所长顾毓琇陪同，乘火车离开北平，前往南京。就在这天晚上，发生了震惊中外的卢沟桥事变……

在这位科学家的内心深处，他既同情和支持中国的反法西斯战争，同时也清楚地知道，战时的中国，肯定无法为钱学森准备必要的科学研究条件。所以，他非常不希望看到，一个年轻的科学天才，因为战争而就此中断了自己的科学生涯。

冯·卡门向钱学森谈起了他最后一次中国之行，也谈到了自己希望钱学森继续在航空领域有所建树，以图将来更好地为自己的祖国和民族出力的心愿。

最终，冯·卡门先生帮助钱学森做出了这次艰难的选择。

钱学森接受了恩师的建议，留了下来。

由此，中国的抗日队伍里也许少了一位勇猛的战士的身影，但是，中国和世界，从此多了一位科学巨人。

在此后的日子里，钱学森依靠自己的科学实力，成为以冯·卡门为团长的空军科学咨询团的成员。

当德国法西斯投降后，他随该团考察小组去往欧洲，考察了航空和火箭技术。这为钱学森后来回到祖国领导中国的火箭科学事业，打下了基础。

一九四七年，三十六岁的钱学森成为麻省理工学院的教授。

他一边教学，一边从事研究。他发表了一篇著名的论文《从地球卫星轨道上起飞》，为低推力飞行力学的发展奠定了基础。

爱的童话

在许多美丽的童话故事里,美丽的公主和英俊的王子,无论经过了多少周折、考验或磨难,最终都会走到一起,从此过上幸福的生活……

钱学森和他童年时代的那个曾经两小无猜的"干妹妹"蒋英的故事,也像一个最美的童话故事。

在他赴美留学的时候,曾和他一起听爸爸妈妈讲故事的小女孩也长大了。这时候的蒋英,就像一位待嫁的漂亮公主,矜持而又高傲。

偶尔在某个场合,有比较熟识的人当着她的面介绍说,钱学森是她的"干哥哥"时,蒋英会从心里感到几丝羞赧。

钱学森赴美前夕,蒋家人曾来钱家为他送行。

蒋英也来了。这时候，她的钢琴已经弹得很不错了，还会吹口琴，唱歌更是她的强项。她用她的琴声和歌声为钱学森送行，可就是没有任何一句表达什么意思的话。

这让即将独自踏上异国旅程的钱学森，未免有一点点失望。

在美国留学期间，钱学森和蒋英好像失去了联系，并没有什么书信来往。保持联系的只是两家父母。

一九三六年，蒋百里曾有一次携夫人去欧美考察军事，还特意前往加州理工学院，看望在那里读书的钱学森。

让钱学森喜出望外的是，蒋百里夫妇送给他一张蒋英的单人照片。

这时候钱学森才知道，在他赴美学习之后，蒋英也到德国留学去了。她正在朝着成为一名钢琴家和女高音歌唱家的梦想前进。

一九四六年，蒋英完成了在德国的学业，回到了上海。

第二年，已经赴美学习了十二载的钱学森，也回到上海看望老父亲。"公主"和"王子",总算又有了一次重逢的机会。

正是这次重逢,就像最美的童话一样,英俊的王子大胆地向美丽的公主表达了自己的心意。

一对曾经两小无猜的小伙伴,两双手,再一次,也是永远地、紧紧地牵在了一起。公主披上了洁白的婚纱。

他送给新娘的礼物,是一架漂亮的大三角钢琴。

"你的琴声和歌声,会带给我创造的想象和灵感!"他说。

"那我天天弹琴、唱歌给你听。"她回答说。

一九四七年九月十七日,钱学森与蒋英在上海沙逊大厦举行了一场西式婚礼。

按照主持人的安排,新郎、新娘分别宣读了神圣的誓词。

先是钱学森宣读:

"我,钱学森,真诚地爱慕蒋英女士的品格和才华,我愿娶她为妻。我将尊重蒋英女士的独立人格,并平等地对待她。在我有生之年,我将与蒋英女士同甘共苦。这就是我对蒋英女士发出的神圣誓言。"

然后是蒋英宣读：

"我，蒋英，愿意选择钱学森先生做我的丈夫。今天在家长及众位亲友面前，我庄严承诺：不管将来我们的生活遇到什么样的曲折，我对钱学森先生的爱情将永不改变。我永远是他的好妻子。"

九月二十六日，钱学森先行返美。一个多月后，蒋英也来到了美国。

他们先是在加州理工学院附近租了一座旧楼房，就像两只燕子衔来新泥，筑成了自己的小巢。

二楼有一间狭小的书房，那是钱学森的工作室。

起居室摆了一架黑色三角钢琴，这是钱学森送给妻子的礼物。

由于蒋英一直在德国学音乐，来到美国后，英语一时还不能过关。钱学森一有空就为她补习英语，有时还用英语说一些风趣的美国俚语，使蒋英对学英语越来越有兴趣。

为了能尽早熟练地运用英语，蒋英还试着把一些德语歌曲翻译成英语,经常哼唱。在很长一段日子里,从他们居住的那座小楼,不时传出这对年轻夫妻的歌声、琴声和朗朗的欢声笑语。

"公主"和"王子"相亲相爱的童话,也感染了他们周围的老师和朋友。

冯·卡门先生后来在回忆录中谈到钱学森的这段生活时,这样写道:"钱现在就像变了一个人,英真是个可爱的姑娘,钱完全被她迷住了。"

不久,他们有了儿子永刚、女儿永真两个可爱的孩子。

那些年里,钱学森经常去美国各地讲学和考察,每次外出,哪怕工作再忙,他都会记得给蒋英买一些最新出版的各类音乐唱片回来。当时,在他们家中,有各种纪念版的、由世界著名乐团和指挥大师演奏的经典交响乐、钢琴独奏曲、协奏曲唱片。

蒋英后来回忆说:"那个时候,我们都喜欢哲理性强的音乐作品。学森还喜欢美术,水彩画也画得相当出色。因此,我们常常一起去听音乐会,看美展。我们的业余生活始终充满着艺术气息。不知为什么，我喜欢的，他也喜欢……"

当然，他们也经常坐在异国的天空下，依偎在一起，像小时候一样，数着满天的星星。不一会儿，圆圆的、金黄色的月亮升起来了。

"看，月球上那些隐隐约约的影子，就是环形山。"

钱学森指着遥远的月亮，告诉她说："那里的许多环形山，都是以一些伟大的科学家的名字命名的……"

"学森，你要加油哟！"她望着他的眼睛说，"有一天，你的名字也会写在那里的……"

"谢谢你，我会努力的！"他轻轻搂着她，喃喃地说道，"你看，那里是大熊星座，我们的国家，应该就在那片星光下……"

归心似箭

一九四九年十月,新中国诞生的喜讯传遍了世界各地。

在世界各地留学和生活的中华儿女们,听到这个激动人心的消息,个个奔走相告,恨不能插上翅膀,立刻飞回新中国去,为自己的祖国母亲贡献出各自的力量。

钱学森和夫人蒋英一看到新中国诞生的消息,就立刻十分默契地做出了回国的打算。

然后,他们悄悄做着准备,秘密商量着怎样早日回到祖国的怀抱,去为自己的国家效力。

可是,这时候的美国,对新生的红色中国和共产主义信仰十分抵触和防范,美国政府甚至规定，所有公司的外籍雇员，也都必须"效忠"美国政府。

在这样的氛围里，美国有关部门认为，钱学森曾在加利福尼亚州参加过一个激进者的沙龙聚会，他们怀疑那是红色共产党的外围组织，钱学森很可能是共产主义信仰者，于是，美国军事部门就粗暴地吊销了钱学森在美国所持有的"国家安全许可证"，禁止他接触任何机密性的科研课题。

在美国，钱学森和恩师冯·卡门先生合作研究的一些课题，有的正是有关国防高端技术的，甚至是直接用于军事的。如果禁止他接触机密性的课题，无异于终止了他的科研生命。

对此，钱学森感到无比愤怒，就义正词严地以此为理由，要求立即回国，一刻也不愿在美国多待了。

可是，他和蒋英都没有料到，他们的回国之路布满了层层荆棘、重重阻碍。

一九五〇年的一天，钱学森一家买到船票准备回国，却在洛杉矶海关被拦下。随后他被美国政府拘捕，关进监狱软禁了起来。

美国政府拘捕他的公开理由是：凡是在美国受过火箭、原子能以及武器设计这一类教育的中国人，一律不准离境，因为他们的才能，有可能被利用来对付在朝鲜的联合国武装部队……

实际上，当时美国的海军副部长丹尼尔·金贝尔私下声称：无论如何都不要让钱学森回到红色中国。他太有价值了，在任何情况下都抵得上五个师的兵力。我们宁可让他消失，也不要放他回到红色中国。

从此，钱学森在美国身陷囹圄，失去了自由，连他的家也被美国移民局抄了。

他在特米诺岛上被关押了十五天，直到加州理工学院替他交上了一万五千美元的巨额保释金后，他才获得释放。

但是，他的行李被美国海关没收了，那里面有将近八百公斤重的书籍和一些对他来说极其珍贵的研究资料笔记本。

漫长的被软禁的日子并没有消磨掉钱学森回到祖国的决心。

在那段最难熬的日子里，他常常吹着一支竹

笛，排解心中的烦闷和焦虑。蒋英有时会为他弹一弹吉他，两个人一起演奏一段古典室内音乐，抒发心中对祖国的思念之情。

那些日子里，为了准备随时能带上行李出门回国，也为了躲避美国特工的监视，他们租住的房子一般都只签一年合同，所以，五年之中竟然搬了五次家。

因为担心钱学森和孩子们发生意外，蒋英也不敢雇用保姆，所有的家务都只好自己动手。一双本来只擅长弹钢琴的手，现在也会洗衣服、洗菜、烧饭了。

就在这几年仿佛被困在鸟笼的日子里，钱学森一点儿也没有消沉，也没有轻易地浪费时光。

他一边寻找和等待回国的机会，一边撰写研究专著。他的两部著名的科学论著《工程控制论》和《物理力学讲义》，就是在这段时间完成的。

一九五四年，他的《工程控制论》出版了。

这是一门崭新的技术学科。一九三九年他和冯·卡门先生一起提出了一个著名的"卡门-钱公式"。人们评价说，他所创立的这门学科，足可领先世界数年之久。钱学森因此也被誉为"工程控制论"的创始人。

钱学森在美国受到迫害和活动受到限制的消息，很快就传到了中国。当时，党中央和毛主席、周总理都对钱学森在美国的处境非常关切，中国政府还公开发表了声明，谴责美国政府限制钱学森的人身自由。

一九五五年春天，毛主席曾问周总理："在原子弹和导弹研制方面，我们的人才如何？"

周总理回答说："我们有这方面的人才优势，钱三强先生与诺贝尔奖获得者居里夫人曾在一起工作过；杨承宗和彭桓武两位先生是从法国、英国回来的著名放射物理学家；另一位就是在美国'火箭之父'冯·卡门博士门下工作过的导弹专家钱学森教授。我们正在通过各种途径，争取让他早日归国……"

朝鲜战争结束后，美国对中国的警惕，包括对华政策，稍微有些松动了。一九五五年四月，美国方面宣布取消扣留中国留美学者的法令。

但是，钱学森仍被当作特例，继续遭到监视和控制。

美国方面还对外宣称，是钱学森博士自己不愿返回中国，他是自愿留在美国的。这当然是一种掩人耳目、欺骗世人的行径。

其实，这时候，钱学森正在利用一切机会，寻找回国的可能。

有一天，他在阅读一份中文报纸时突然看到，他父亲的一位老师和老朋友、著名学者和教育家陈叔通先生，也站在天安门城楼上。报纸上披露的陈叔通的身份是全国人大常委会副委员长。

钱学森灵机一动，就以晚辈的身份给陈叔通这位"太老师"写了一封"求救信"。

一九五五年六月十五日，是钱学森永远难以忘记的一个日子。

这天，他和夫人蒋英带着两个孩子假装在街上购物和闲逛，瞅准机会，摆脱了身后如影随形的"尾巴"——跟踪他们的美国联邦特工人员。他让夫人蒋英走进商场，把事先写好的那封"求救信"扔进了邮筒。

这封信当然不会是直接寄往中国的，而是寄给侨居在比利时的蒋英的妹妹蒋华的,信中说明,让蒋华通过在上海的父亲,把信件转寄给北京的陈叔通先生。

这是钱学森当时为了摆脱特工的监视和检查不得已而为之的。

时隔多日,陈叔通总算收到了这封从大洋彼岸辗转寄来的、署名钱学森的"求救信"。

他深感这封信非同寻常,事情重大,当天就把它送到了周总理那里。

这时候,周总理也正在为如何帮助钱学森早日归国而着急。

好了,这下有办法了!完全可以依据这封信,去反驳美国政府的谎言。

周总理当即让外交部火速把信转交给了正在日内瓦进行中美大使级会谈的王炳南。

八月一日这天,中美大使级会谈一开始,王炳南就率先对美国大使约翰逊说:"大使先生,在我们开始讨论之前,我奉命通知你下述消息:中国政府在七月三十一日按照中国的法律程序,决定提前释放阿诺维等十一名美国飞行员,他们已于七月三十一日离开北京，估计八月四日即可到达香港。我希望，中国政府所采取的这个措施，能对我们的会谈起到积极的影响。"

可是，当他接着提出了让钱学森回国的问题时，美国方面还在死咬着一个编造出来的谎言：没有证据表明钱学森自愿要求回到中国，美国政府不能强迫和违背他个人的意愿。

这时，王炳南就亮出了钱学森写给陈叔通的那封信，义正词严地驳斥道："美国政府早在一九五五年四月间就对外宣布，取消了扣留中国留美学者回国的规定，允许留美学者来去自由。为什么中国科学家钱学森博士还在六月间写信给中国政府请求帮助呢？显然，中国学者要求回国的愿望依然受到了阻挠。"

在铁证面前，美国方面最终不得不批准了钱学森回国的要求。一九五五年八月四日，钱学森收到了美国移民局允许他离美的通知。

一个多月后，九月十七日，归心似箭的钱学森和夫人蒋英带着一双幼小的儿女，迫不及待地登上了"克利夫兰总统号"邮轮，终于踏上了回到祖国

归心似箭

母亲怀抱的旅程。

启程前，钱学森当着众多记者的面发誓说，从此以后，他再也不会踏上美国的土地……

大船朝着祖国的方向，乘风破浪驶来……

钱学森和夫人蒋英归心似箭，迫不及待地站在甲板上，心里好像都在大声呼唤着：祖国母亲啊，我们回来了，回来了！……

后来，周总理在接见历经曲折、终于回到祖国的钱学森时，曾大笑着说道："学森同志，你可是国家用在朝鲜战场上俘虏的十一名美国飞行员换回来的大科学家啊！"

大手牵小手

钱学森的儿子钱永刚,曾写过一篇深情的回忆散文《大手牵小手——回忆父亲钱学森》。

从这篇文章里,我们看到了钱学森一家当年在回国途中的一些经历,还有在他们乘坐的"克利夫兰总统号"邮轮上的一些真实的生活细节。

那时候钱永刚才七岁,还不太理解"回国"的意义,但是在他和妹妹永真天真懵懂的幼年记忆里,已经留下了一个印象:只要爸爸走到哪里,他们就会跟到哪里。他和妹妹都相信,爸爸、妈妈带他们去的地方,一定是很好、很美的地方。

我们在船上的舱室很小,许多人给我们送的花篮都摆不下，只好放到船甲板上。可是没有多久，父亲就牵着我的手，走进了一个很大、很漂亮的船舱。这是头等舱，而我们原来住的是三等舱。那时，我以为是父亲买了头等舱的票。后来才知道，原来，轮船公司按照美国政府的意愿，以"头等舱的票已经售完"为理由，想阻止父亲回国。但父亲在困难和障碍面前，从来不会回头，他毅然决然地带我们踏上万里归途。还是同船一位有侠义之心的美国妇女领袖，看到我们全家挤在狭小的三等舱中，愤然出面和船长交涉。她说："你们就让这样一位世界著名的科学家住在三等舱吗？"

这时我才知道，父亲已经是世界级的著名科学家了。

这是留在小永刚童年记忆中最难忘的一幕。

大船要在浩瀚的海洋上行驶很长的一段日子。当永刚带着妹妹在甲板上、走廊上玩耍的时候，钱学森和夫人蒋英就会俯身在船舷上，一边望着两个可爱的孩子，一边商量着和憧憬着，在回到新中国之后，怎样开始各自全新的工作……

当时，和钱学森一家一起乘坐这班邮轮回到祖国的，还有著名数学家许国志和他的夫人蒋丽金，著名物理学家李正武博士夫妇等。

许国志回国后，为新中国的系统工程研究做出了巨大贡献；他的夫人蒋丽金是感光化学领域的专家。后来夫妻双双成为中国科学院院士。

钱学森在船上和他们夫妇俩有过数次长谈，对这对科学家夫妇回国后的科研方向，起到了指引和鼓舞的作用。

这件事也给童年的永刚留下了深刻的记忆。许多年后他才领悟到，原来父亲那时候的眼光就那么远大，已经在心中描绘着新中国瑰丽的科学蓝图了。

"克利夫兰总统号"邮轮在抵达菲律宾时曾稍事停留。钱学森受到了当地爱国华侨们的热烈欢迎，许多华侨特意带着鲜花和礼物赶来，向这位正在奔赴祖国怀抱的科学家表达他们的敬意。

当时，有一位华侨中学女教师，特地跑来拜望钱学森。

她和钱学森谈得十分热烈和亲切，真诚地表达了自己的敬佩之意。她说:"钱先生是人人敬仰的大科学家,也是一位真正的爱国者,每一个中国孩子都应该像您这样,热爱自己的祖国母亲,为国家的强盛添砖加瓦、增光添彩!"

钱学森得知她是一位中学教师,就殷切地叮嘱她说:"中小学教师的工作,好比做鸡蛋糕,给孩子打下了良好的基础,鸡蛋糕首先要料好,我只是蛋糕上的糖衣。"

接着,他给这位女教师讲了一些自己少年时代的学习体会。

他认为,自己少年时代得到的最大教益,不是科学知识方面的,而是在形象思维方面的训练,文学、美术、音乐等,给他日后从事科学研究打下了另一种基础,那就是活跃和丰富的想象力与创新精神。

"少年人不要死读书,不要当书呆子,"他说,"缺乏形象思维的训练,总是循规蹈矩,不敢越雷池一步。未来的中国,一定要培养自己的创新型人才……"

离开菲律宾港口,大船继续朝着祖国的方向

行驶……

离祖国大地越来越近了，钱学森和夫人蒋英都很激动。

当爸爸用大手牵着永刚的小手，妈妈用大手牵着永真的小手，一家人轻轻地、慢慢地通过罗湖口岸时，还是永刚眼尖，一眼就看到了高高飘扬的五星红旗。

"爸爸，妈妈，快看！五星红旗！"

这时候，爸爸、妈妈，还有小妹妹永真，都顺着永刚手指的方向看去。

"是啊，五星红旗！我们……终于到家了……"

小永刚看到，此时，爸爸的眼睛里闪烁着泪花……

"爸爸……你哭啦？你不是说过，好男儿是从来不哭的吗？"永刚有点儿吃惊地望着爸爸，天真地问道。

"永刚，咱们回到自己的家了，你爸爸……他是高兴得啊！"

妈妈拉过永刚，悄悄给丈夫递上了一块手帕。

许多年后，钱永刚回忆说，父亲钱学森是一个性格极其坚强的人，他从小到大，很少见到过父亲落泪。这一次在罗湖口岸第一次见到五星红旗时，父亲的眼泪，让他一直难忘。

据说，在钱学森一家离开洛杉矶那天，加州理工学院院长杜布里奇满怀惋惜地叹息着，对身边的人意味深长地说道："钱回到自己的国家，绝不是要去种苹果的。"

是的，钱学森历尽千难万险返回了自己的祖国，当然不是要去种苹果树的。有一个更为伟大的梦想和事业，在等待着他，那就是我们的"大国重器"，后来被称为新中国"两弹一星"的伟大事业。

有的外国专家这样说过：正是因为钱学森回到了中国，红色中国"两弹一星"的进程至少加快了二十年！

"失踪"的爸爸

钱学森回到祖国后，受到了毛泽东主席、周恩来总理、彭德怀元帅、陈毅元帅等党和国家领导人的亲切接见。

开国领袖和元勋们在这位大科学家身上寄予了重托。

当时，美国已经在十年前，即一九四五年，就研制出了原子弹。在第二次世界大战后期，美国在日本的广岛和长崎先后投下了两枚原子弹，让全世界都看到了这种"大国杀器"的威力。

四年后，一九四九年八月二十九日，苏联也成功爆炸了自己的第一颗原子弹。

新中国诞生后不久，一九五二年十月三日，英国也成功地进行了第一次原子弹试验;不到一个月之后,十一月一日,美国又完成了第一次氢弹试验;紧接着,一九五三年八月十二日,苏联的第一颗氢弹也试验成功……

一九五五年一月十五日,毛主席亲自召开了一次重要会议,专门研究怎样发展新中国的原子能事业。

当时,参加会议的除了党和国家的主要领导人,还有钱三强、李四光两位科学家和地质部副部长刘杰。

在这次会议上,地质学家李四光取出了一块黑色的铀矿石,告诉大家说:"这是一九五四年秋天,在我国广西发现的。事实证明,我们国家的铀矿资源是不成问题的……"

是的,有没有铀矿资源,是一个国家能不能自力更生发展原子能事业、能不能研制出原子弹的重要前提。

毛主席听了李四光的汇报,兴奋地接过那块铀矿石,不停地在手上掂量着说:"好啊,现在到时候了!这是决定命运的,应该认真抓一下,一定可以搞起来的！"

也正是在这样的时刻，钱学森回到了祖国。

真是天时、地利、人和俱全呢！新中国的原子弹、氢弹和导弹事业，再加上之后又增加的人造地球卫星的研制，就是现在人们所说的"两弹一星"工程，就这样正式起步了。

在战争年月里曾经身经百战，成为新中国大将的陈赓将军，曾这样问过钱学森："尊敬的大科学家，请你明确告诉我，咱们中国人，能不能造出自己的导弹来呢？"

钱学森微笑着，却又是斩钉截铁地回答这位将军说："有什么不能的？当然能！外国人能造出来的，我们中国人同样能造出来！难道中国人比外国人矮了一截吗？"

陈赓大将一听，紧紧握住钱学森的手说："你说得太好了！我要的就是你这句话！"

这句话，后来也被人誉为"一诺千金"。

正是这句庄严的诺言，让钱学森和中国的火箭、导弹事业，和中国神圣的国防事业，紧紧地联系在了一起。

一九五六年的春天来得很早,春风带着从长城内外、大江南北各地传来的花讯,日夜吹拂着北京城……

这年早春时节,在北京积水潭的一个报告厅里,也刮起了一阵猛烈的"钱学森旋风"。

在陈赓大将的安排下,钱学森给在北京的一大批高级将领和军事干部,连续做了三场关于火箭、导弹等武器知识的讲座。

当时,很多将军和军事干部虽然身经百战,却并不知道导弹究竟是什么武器,有多么厉害。

钱学森给他们讲述了世界上最尖端武器的概况,讲述了什么是"火箭军",导弹的结构和用途,以及美国、苏联等大国的导弹发展现状,等等。

钱学森还特别强调说:"我们中国人,完全有能力依靠自己的智慧和力量,制造出我们的火箭来。我建议中央军委,成立一个新的军种,名字就可以叫'火箭军',就是装备火箭的部队。"

他的讲座不仅让坐在下面的将军和干部们开阔了视野,也增强了大家对发展大国重器的信心。

钱学森做讲座时,连身经百战的开国元勋贺

龙、陈毅、叶剑英、聂荣臻元帅，都兴致勃勃地坐在台下，当起了听课的学生。

不久，这场"钱学森旋风"又刮进了中南海。

日理万机的周总理，还特意安排出时间，邀请钱学森到中南海怀仁堂，给党和国家的高层领导人做了一场"导弹概论"的讲座。

听众之中，既有中共中央书记处的书记，也有国务院的副总理和肩负共和国重任的部长们。

看着坐在台下认真听讲、虚心学习的高层领导和首长们，钱学森心里明白，共和国的导弹事业，正在迎来腾飞的时刻！

有了党和国家领导人的高度重视，有了全党、全军和全国人民上下齐心的奋斗，最后的胜利不属于我们，又会属于谁呢？

一九五六年二月二十一日，周总理戴上老花镜，逐字逐句审阅了钱学森起草的一份《建立我国国防航空工业的意见书》。周总理对其中一些细节稍微做了修改，然后在标题下面署上了"钱学森"三个字。

第二天，周总理嘱咐秘书，把这份意见书印发给中央军委各位委员，并在呈送中央军委主席毛泽东审阅的那份打印稿上写道：

"即送主席阅，这是我要钱学森写的意见，准备在今晚谈原子能时一谈。"

周总理所说的"原子能"，就是原子弹。

共和国的领袖们，一边描画着新中国宏伟的建设蓝图，一边也在思考着事关国家安全的国防大计。

当年，美国人曾经担忧的，钱学森一旦回到中国，一个人至少可以"抵得上五个师"的预言，果然很快就应验了！

钱学森是世界著名的力学专家。当时，新中国给钱学森的一个公开的职务是中国科学院力学研究所所长。

但是，除了极少数人，一般人都不知道，党中央对钱学森还有另一个秘密的安排，就是请他主持和领导新中国的导弹研制工作。

国防部第五研究院，这是当时一个高度保密的研究单位，他们所从事的也是一项高度保密的研究工作。

现在，大家当然都知道了，这个研究院，实际上就是新中国的"导弹研究院"。钱学森当时秘密地担任着这个研究院的首任院长。

在此后很长的日子里，钱学森肩负国家重任，却像突然"失踪"了一样，家人、朋友都不知道他去哪儿了，就是知道了，也不能说出来。

他的儿子和女儿，大半年也见不到爸爸的人影，就常常问妈妈："爸爸去哪儿了？"

妈妈却只能这样告诉他们："在远方，在很远的远方……"

有一个冬日，永刚、永真正和妈妈一起，在惦念着很久没有回家的爸爸。

忽然，一个满身披着雪花的"因纽特人"，戴着皮帽，穿着皮大衣和大头皮鞋，推门闯了进来……

"爸爸！天哪，真的是爸爸回来了！"

是的，爸爸是从很远又很冷的、荒无人烟的沙漠里回来的。

许多年之后，儿子才知道，爸爸"失踪"后，一直在草原上，在沙漠里，在戈壁滩上，和许多科学家叔叔、解放军叔叔在一起工作。

　　他把全部精力投入到了中国第一颗导弹、第一颗卫星、第一艘载人宇宙飞船的研制与试验上……

祁连山下

在大西北沙漠和戈壁滩上，有一个令人惊叹的自然奇观：

一株株高大、苍劲的胡杨树，就像一个个勇士，挺立在千年的风沙之中。这些已经生长了数百年的胡杨树，有的已经死去了，但是它们的铜枝铁干仍然倔强地挺立着，伸向空旷的天空，仿佛还在倾听那千年的风沙呼啸。

胡杨树是大戈壁、大沙漠上罕见的生命奇迹！据说，一棵胡杨树，只要它们活着，就会千年不死；即使它们死了，也会千年不倒；哪怕它们倒下了，也将千年不朽！

因此，胡杨树也被人誉为大沙漠上的"英

雄树"。

除了顽强的胡杨树，在荒凉的沙漠戈壁上，还有红柳、骆驼刺、芨芨草……这样一些同样坚韧不拔的绿色生命。

位于甘肃、内蒙古交界处的巴丹吉林沙漠西部，有一个名叫赛汉陶来的地方，属于内蒙古自治区额济纳旗。

这里人烟稀少，干旱少雨，自然条件非常恶劣。当地有一首民谣："天上无飞鸟，地上不长草；常年不下雨，风吹石头跑。"

可见这里有多么荒凉！

但是，这里虽然不适合人类居住，却因为远离人群，隔离性和隐蔽性都非常强，所以，经过专家和部队首长们的实地勘察，新中国的第一个导弹发射试验基地，最终就选定在这片人烟稀少的戈壁滩上。

在此后很长的时间里，外界谁也不曾知道，在这片远离尘嚣、辽阔无垠的大戈壁上，一个足以惊天动地的强国大梦，在这里悄悄开始了它的征程。

导弹试验靶场边缘有一条季节河，叫弱水河。

河水就来自祁连山的雪水。一年四季里，只有夏秋时节，才有融化的雪水流淌到这里，其他季节里，这条河就只有干涸和龟裂的河床了。

弱水河畔除了生长着一些生命力顽强的沙漠植物，如芨芨草、红柳、骆驼刺等，还生长着一些高大的胡杨树。

现在的人们几乎无法想象，在二十世纪五十年代至七十年代里，在国家经济面临极度困难，科技人员的研究条件、研究设备十分简陋和滞后的状况下，我们的科学家和科技工作者们就像最坚强的胡杨树，像那些最坚忍的芨芨草、骆驼刺一样，忍受着干旱与曝晒，忍受着饥渴与寒冷，同全国人民一道"勒紧裤腰带"，夜以继日地工作着。

他们中的每一个人，一旦进入了这个领域，便都无怨无悔、满怀自豪地给自己写下了这样一句话：一辈子只做一件事，就是为共和国铸造最坚固的国防之盾！

所有来这里工作的科学家、科技人员、部队官兵，也都必须严格执行"上不告父母，下不告妻儿"的保密纪律，尤其是科学家和科技人员，对外只说自己在大西北"挖矿",也有的说是到那里"种棉花"去了。

正是他们,用自己的青春、智慧、泪水、汗水、血肉和生命,为我们的共和国铸造了一面强大的国防盾牌,使今日中国的大国地位有了坚强的支撑,也为我们实现中华民族"两个一百年"的伟大复兴的"中国梦",而添了更多的底气、自信和力量!

当时为了保密,党中央给新中国研制第一枚导弹的工程,取了个代号,叫"1059",目标是:在一九五九年九月前完成苏联P-2导弹的仿制任务,争取在十月国庆节期间试射,向新中国成立十周年献礼。

然而不久,中苏关系破裂,苏联撤走了所有的专家、设备和研究资料。一九六〇年十月中旬,在一次有不少科学家和工程师参加的会议上,聂荣臻元帅说:"逼上梁山,自己干吧!靠别人是靠不住的。以后就靠在座的大家了。党中央寄希望于我们自己的专家!"

钱学森站起来说道:"中国科技人员是了不起

的。我们不仅有聪明智慧,我们还能够艰苦奋斗。只要国家给了任务,大家便会夜以继日、废寝忘食地去干,甚至为此而损害健康,直到牺牲,也不泄气。有了这种精神,我们就不怕落后,不怕困难多。我们一定要赶上去,我们能够赶上去!"

于是,在钱学森的领导下,中国的科学家们依靠自己的智慧和力量,开始自力更生地研制"1059"导弹。大家都在心中把这枚导弹称为"争气弹"。

那时候,钱学森多次悄悄地进入地处祁连山下、大沙漠深处的试验基地,为科技人员、领导干部和部队官兵讲授导弹技术方面的专业知识。茫茫的戈壁滩和大沙漠上的风沙,一次次吞噬了他艰辛跋涉的足迹。

钱学森一离开北京,进入沙漠深处,就是好长一段时间。这也就是他的儿子和女儿,认为爸爸又"失踪"了的时候吧。

许多年后,他的儿子钱永刚回忆说:

那时,我只知道,他是一个研究飞行器的科学家，具体在做什么，别说是我，就连我妈妈也不清楚。那时保密制度非常严格，就连博闻强记的邓颖超也常常把我父亲和钱三强弄混，父亲提醒她，她哈哈大笑说："都怪恩来，从来不告诉我你们具体是干什么的，我才会弄混……"

我是直到二十多年之后才知道，父亲那时是为了研制导弹和卫星，而奔走于北国大漠、西部荒原。那时候和现在是天壤之别，国家的财力物力非常匮乏，就那么点钱，又要做那么大的事，许多试验，就必须做到一次成功，因而方方面面都要考虑得很周到，很细致。为什么后人这么敬重"两弹一星"的功臣？就是因为当时的环境和条件远远不能和现在比，完全是凭着他们的智慧、勇气和奉献"拼"出来的。

一九六〇年九月，第一枚"1059"导弹总装圆满完成。

就在"1059"导弹准备从北京运往祁连山下的导弹试射场的时候，这一年十月二十四日，一个令人震惊的噩耗传来：苏联发生了一起世界上最惨烈的导弹悲剧！

苏联国防部副部长、炮兵主帅和战略火箭军总司令涅杰林元帅，以及发射场上的一百六十名工程科技人员，全部遇难！

那天，正是苏共中央第一书记赫鲁晓夫访问美国的日子。

赫鲁晓夫临行前，给涅杰林元帅下达任务时说："当我赴美国谈判，我的脚踏上美利坚合众国的土地时，你要给我放一枚导弹，吓唬吓唬美国人。"

可是，他怎么也没有想到，火箭的第二级引擎不知何故突然猛烈燃烧，引发满载的液体燃料大爆炸，燃起冲天大火，涅杰林元帅等一百多人当即全部牺牲。

虽然苏联方面对这场悲剧严格保密，只是宣称涅杰林元帅因为"飞机失事"而牺牲了，但是，对这场巨大的导弹事故，中国方面还是及时地获得了真实的情报。

而这时候，距离中国的"1059"的预定发射时间，只有二十天了！

每一位知情者，都为"1059"这个中国导弹的"头胎产儿"深深地捏了把汗。

聂荣臻元帅一再叮嘱每一位技术人员：务必要沉着、冷静，一定要做到万无一失！

从十月二十七日，"1059"导弹安全运抵发射场，到十月二十八日，"1059"导弹进入技术阵地进行单元和综合测试后，十一月三日又被运往三号发射场区，吊到了高高竖立起来的托架上，钱学森一直在坐镇指挥，仔细地检查着发射前的每一个细节。

发射前夕，突然发现导弹舵机有漏油现象。

真是怕什么来什么！这还得了？

经过检查，原因是舵机油压轮泵光洁度不符合要求。

这可是严重的安全隐患，唯一的解决办法，就是立刻更换新的部件，重新组装。

于是，技术人员在大戈壁的严寒中连续奋战，总算排除了故障。

不料，就在钱学森下达了命令，开始往火箭里加注推进剂的时候,异常的状况又出现了:导弹的弹体,不知何故竟然往里瘪进去一小块!

一接到报告,钱学森什么也不顾了,立刻赶往现场,亲自爬上发射架,仔细地察看了故障,然后做出了判断:弹体虽然瘪进了一小块,有一点儿变形,但是并没有达到结构损伤的程度。

他分析认为,当年,他在美国做过壳体研究,知道这是在加注推进剂之后,泄出时忘了开通气阀,造成箱内真空,导致内外气压差过大,就瘪进去了。等点火之后,箱内充了气,弹体内压力会升高,弹体就会恢复原状。

于是,他果断地做出决定:发射照常进行!

然而,这毕竟是新中国的第一枚导弹,又是第一次发射,责任重大!

这时候,基地司令员、参谋长出于谨慎,都不同意发射。

按照当时的规定,只有钱学森、基地司令员、参谋长三人共同签字同意,才能发射。

当时,聂荣臻元帅也在现场,三个人就请他做最后裁决。

聂荣臻元帅说:"有钱院长的签字,我就同意发射。因为这是技术问题,技术上钱学森说了算。如果只有司令员和参谋长两人签字,而没有钱院长的签字,我倒不敢同意发射。"

聂荣臻元帅的话,让钱学森感到了无限的信任和温暖。

当晚,聂荣臻元帅告诉大家,周总理已经报告毛主席,同意明天发射。

就在这时候,总设计师又来向钱学森报告说,零点触发又出现了故障!

真是一波未平,一波又起!

钱学森厉声说道:"请马上把负责这一问题的技术人员找来!"

这时,一个扎着辫子的、刚从大学毕业不久的姑娘来了。

钱学森用命令式的口气对她说:"务必在十小时内排除故障!"

那位姑娘花了四个小时,总算排除了故障。

不过,在场的人们发现,因为过于着急、上火,她的嘴已经急歪了!

祁连山下

第二天黎明时分，发射基地的气温降到零下二十多摄氏度。天公作美，戈壁上空，秋高气爽。

九时二分二十八秒，发射指挥员下达了点火命令。

随着"1059"导弹尾部发出一团亮光，导弹腾空而起，先是垂直上升，然后在制导系统的控制下，从容地转弯，朝着预定目标飞去……

七分三十二秒后，已经飞行了五百五十公里的"1059"导弹，准确地击中了目标！

一九六〇年十一月五日，这是中国导弹研发历史上一个具有里程碑意义的日子。中国人民自强不息，艰苦奋斗，依靠自己的智慧和力量，终于拥有了"两弹"中的一"弹"。

这一天，离一九五五年十月八日钱学森从美国归来，正好五年的时间。

当晚，在发射基地的庆祝会上，聂荣臻元帅高举酒杯，对大家说道："这是一枚'争气弹'，是我国军事装备史上的一个重要转折点。从此以后，我们有了自己的导弹。"

西北望，射天狼

罗布泊，蒙古语称"罗布诺尔"，意为"汇入多水之湖"。

古时候，这里又被称为蒲昌海、盐泽、洛普池。曾经驰名西域的三十六国之一的楼兰古国，就坐落在这片广袤的沙海之中。

然而，楼兰在历史舞台上只活跃了六百年，便在公元四世纪神秘地消失了。

又过了一千五百多年，一九〇〇年，瑞典探险家斯文·赫定率领一支探险队，由罗布人奥尔德克当向导，艰难地抵达了罗布泊腹地。

这位探险家后来在《亚洲腹地探险八年》一书中写道："罗布泊使我惊讶，它像一座仙湖，水面像镜子一样,在和煦的阳光下闪烁。我们乘舟而行,如神仙一般。在船的不远处,几只野鸭在湖面上玩耍,鱼鸥和小鸟欢愉地歌唱着……"

后来有人分析说,斯文·赫定当时所看到的"仙湖",就是美丽的博斯腾湖。他们一行离开博斯腾湖,沿着孔雀河继续前行一段之后,映入眼帘的便是一望无际、荒无人烟的沙漠与戈壁。

他在书中详细记录了这次历险经过,他的考察队几乎全部葬身在这片沙漠里。因而他又在书中向世人宣称,这里根本不是什么仙湖,而是一片可怕的"死亡之海"。他甚至把这里称作"东方的庞贝"。

就在钱学森带领着他的同事和战友们,紧锣密鼓地向着新中国的导弹研制和发射事业挺进的同时,"两弹"中的另一"弹"——原子弹的研制和试验,也在中国西北部的罗布泊沙漠深处,开始了艰苦的创业……

一九六一年,五万名从硝烟战火中走来的中国军人,加上数以千计的科学家、科技人员,在人迹罕至的罗布泊沙漠上,悄悄拉开了铸造共和国"核盾"的大幕……

三年之后，一九六四年十月十六日十四时五十九分，在罗布泊马兰核基地主控室里，空气似乎凝固了一样，每个指挥员仿佛都不能呼吸了。

嗒嗒嗒……一排排指示灯迅速依次序闪烁着。

一位年轻的军人，一边目光随着红色指示灯移动着，一边报着数字："9，8，7，6，5，4，3，2，1，0！"

"起爆！"

"起爆！"

"起爆！"

随后的一个瞬间，在罗布泊深处，倏地出现一道强烈的闪光。紧接着，地面升腾起一个巨大的火球，犹如出现了第二个太阳！

闪光过后，隆隆的雷声滚过人们的头顶，震撼寰宇。冲击波裹着雷电，横扫无边无际的戈壁滩。巨大的火球翻滚着升上高空，不断地向外膨胀，渐渐形成拔地而起的巨大的蘑菇状云朵……

这一天，一张张《人民日报》"号外"，把消息迅速传遍了祖国的大江南北，每一个中国人都在竞相传播和分享着这条令人振奋和来之不易的喜报：

一九六四年十月十六日，中国第一颗原子弹爆炸成功……

有人曾称钱学森是"中国原子弹之父"，那是一种不明真相的猜测而已。

实际上，钱学森是一位火箭专家、导弹专家，并不是核专家。

他是新中国导弹、火箭研制事业的主帅。而新中国核武器研制事业的主帅是钱三强、邓稼先、朱光亚……这些科学家。

但是，钱学森对新中国核武器有一个巨大的贡献，就是他让原子弹和导弹两者"结合"，诞生了威力无比的核导弹。

中国的第一颗原子弹，是固定在一座一百零二米高的铁塔顶上引爆的。所以，当时有的西方国家在震惊之余，又嘲笑中国的原子弹是"有弹无枪"。

于是，中国科学家很快就解决了"枪"的问题。

一九六五年五月十四日，在罗布泊马兰核基地，一架轰炸机又在大沙漠上空成功空投并爆响了一颗原子弹。

但是，这杆"枪"还是比较落后的。因为早在第二次世界大战时期，美国投向日本的两颗原子弹，就是用飞机投下的。

那么，最先进的"枪"只能是导弹。

让原子弹与导弹结合起来，制造成核导弹，这才是最佳方案。

钱学森正是最早提出"两弹结合"构想的人。他要给中国的原子弹配上一杆最先进的"枪"。

他的超前眼光和见解，得到了党中央的高度重视。他提出的"两弹结合"方案，也很快进入了实施环节。

在此后很长的日子里，钱学森又"失踪"了。

无论是他的同事和战友，还是家人，都很少看到他的身影。

他在基地一待就是半个月一个月。他的任何行踪，都是严格保密的，连他的夫人蒋英也不知道。

有一天，连续一个多月了，都得不到丈夫的音讯，蒋英就找到钱学森的单位询问："这么长时间都杳无音信，他还要不要这个家了？"

研究院的同事只好连忙解释:"钱学森同志出差在外地,平安无恙,只是工作太忙,暂时还回不来,请您放心。"

一九六六年十月二十七日九时,一枚核导弹,在罗布泊沙漠深处点火升空……

九分十四秒后,核弹头在靶心上空五百六十九米的高度爆响!

这意味着,中国在原子弹研制的道路上,只用了短短的数年时间,就成功地跨越了三大步:

第一步,一九六四年十月十六日,第一颗原子弹爆炸成功;

第二步,一九六五年五月十四日,用轰炸机空投原子弹成功;

第三步,一九六六年十月二十七日,第一枚核导弹试射成功。

毛主席曾经讲过,原子弹这种东西,也就这么大一个玩意儿,可是,没有这东西,人家就说你不算数,就可以任意讹诈你,恐吓你,欺负你!在今天的世界上,我们要想不受人家的欺负,就不能没有这个东西!

钱学森一直记得,毛主席还风趣地说过,中国制造导弹、原子弹,就好比让自己手上握着一根"打狗棍",有了这根打狗棍,什么"恶狗"我们也不害怕了!

有一天夜晚,钱学森站在发射场的星空下,望着茫茫天际,突然想到了自己喜欢的一首宋词,喃喃念道:"……会挽雕弓如满月,西北望,射天狼!"

天狼星,是茫茫夜空中最亮的一颗恒星。在中国古老的星象学里,天狼星属于二十八星宿的"井宿",是一颗"主侵略之兆"的"恶星"。我们的祖先,曾经把船尾座、大犬座连在一起,想象成一张横跨在天际的大弓,而箭头正对着那颗仿佛蠢蠢欲动的天狼星。

钱学森想到,正是在这颗"主侵略之兆"的"恶星"之下,中华民族数千年来居安思危、枕戈待旦,虽饱受挫折,却一次次浴火重生、自强不息。中华民族是一个与人为善、热爱和平与幸福的民族,但是,来之不易的和平与幸福,需要一代代人付出智慧、力量甚至生命来保护。天狼星没有消失,战争也并没有离我们远去……

身处天狼星下,遥望茫茫天际,他仿佛听见了古代将士们响彻大地的奔马蹄声,仿佛看见狼烟滚滚之中,那些饮马瀚海、封狼居胥的猎猎战旗……

天上的乐曲

一九七〇年四月二十五日十八点,新华社向全世界宣布了一个振奋人心的消息:

"一九七〇年四月二十四日,中国成功地发射了第一颗人造卫星……"

大多数中国人,后来都是从电影纪录片或电视镜头里,看到了中国第一颗人造卫星在美丽夜空中缓缓移动的身影,也听到了中国人民家喻户晓的《东方红》的乐曲……

这是一颗最美、最耀眼的星星。这也是《东方红》的乐曲第一次从茫茫的遥远太空中传来。

这颗人造卫星,不知耗费了钱学森和他的战友们多少心血,也凝聚着他们对祖国的科学事业炽热的爱。

中国拥有了"两弹"之后，让中国的卫星飞入太空的梦想也随之提到议事日程上来。

要把卫星送上太空，最重要的前提，除了"星"，还要造出强有力的火箭。只有用火箭，才能把"星"送上太空。

于是，身为火箭专家的钱学森，又担负起了共和国赋予的神圣使命。

当时，苏联已在一九五七年发射了自己的第一颗人造地球卫星。

一九五八年，美国也成功发射了自己的第一颗人造地球卫星。

一九六五年，法国的第一颗人造地球卫星也上天了。

一九六六年，中国的近邻日本也拥有了自己的卫星。

在这种压力下，钱学森和他的同事们克服重重困难，开始了人造地球卫星的研制事业。

钱学森推荐科学家孙家栋担任人造地球卫星的总设计师。

孙家栋提出了一个大胆的设想：简化中国第一颗人造地球卫星的功能，不要那么多的探测仪器，先放一颗"政治卫星"再说！

换句话说，无论怎样，先把卫星放上天去，实现"零"的突破，打破"鸭蛋"。

钱学森觉得这个设想很好，可以大大加快中国第一颗人造地球卫星的研制和发射进度。

接着，大家又对孙家栋提出的一套具体建议达成了共识，那就是，这颗"政治卫星"必须"上得去、抓得住、看得见、听得到"。

"上得去"，就是务必要发射成功。

"抓得住"，就是要让卫星准确进入轨道。

"看得见"，就是在地球上能用肉眼看得见这颗卫星的身影。

"听得到"，就是在地球上可以用收音机收听到卫星的讯号。

前三项建议，聪明的科学家们都从专业上解决了。可是第四项就比较难办了，因为那个时候，中国的普通家庭里都没有电视机，只有半导体收音机，这个频率短波听不见。怎么办呢？

钱学森和同事们想了个办法：由中央人民广播电台给转播一下。

但是让大家听什么呢？如果只听嘀嗒的信号，老百姓哪里听得懂呢？

这时候，有人灵机一动，说："播放一段中国人熟悉的《东方红》的乐曲怎么样？"

钱学森听到这个建议，眼睛顿时一亮。

但这毕竟是个大事情，他不能擅自做主。于是，他们写了一份报告，递交给了聂荣臻元帅。

聂帅高兴地报给中央，中央竟然很快就批准了。

发射卫星之前，还必须对运载火箭"长征1号"进行试验。

"长征1号"是三级运载火箭，总设计师是科学家任新民。

在任新民的领导下，经过两个多月的紧张攻关，一九七〇年一月三十日，"长征1号"火箭试射成功。

两个月后，一九七〇年四月一日，一列专列把两颗"东方红1号"卫星、一枚"长征1号"运载火箭，秘密地运到了酒泉卫星发射场。

其中另一颗卫星是作为紧急情况下备用的。

四月二十四日二十一时三十五分，"长征1号"火箭点火……

中国的第一颗人造地球卫星，成功发射到了太空！

于是，就有了前面所说的新华社对全世界的广播。

至此，新中国的伟大的"两弹一星"事业，终于"圆满"，一样也不缺了。

永远追随

钱学森是一位胸怀大志的科学家。

早在中学时代,他就开始悄悄地寻找和阅读一些进步书刊,接受了共产主义的先进思想,心中有着科学救国的梦想。

在交通大学读书时,他的同学好友中有几位已经成为中共地下组织成员,钱学森很是钦慕,他自己也参加了共产党的外围组织。

一九五五年九月,在他从美国返回祖国途中,曾有一位记者问他:"钱先生,你到底是不是一位共产党员?"

这位记者听说,钱学森之所以遭到了美国政府的软禁,有一个"理由"就是怀疑钱学森是共产党员。

对此,钱学森回答说:"共产党员是无产阶级的先进分子,我还没有资格当一名共产党员呢!"

一九五八年,钱学森第一次向中国科学院党组织提出申请,请求加入中国共产党。

他找中国科学院党组书记张劲夫谈心说,他在美国学习、生活了二十年,时刻都在准备返回祖国,为国家效力,所以,在美国连一美元的保险也不买。

回国后,他亲眼看到了新中国在共产党的领导下,日新月异地发生着变化,人民过上了有尊严的、幸福的生活。所以,他非常希望自己能够成为一名真正的共产党人,永远追随伟大的党,把自己的一切全部献给新中国的国防建设事业,献给祖国母亲。

同年四月十九日,钱学森向力学研究所党支部递交了一份长达八页的"交心"材料,抒发了自己对党的真挚感情,表达了自己渴望加入党组织的崇高理想。

九月二十四日,钱学森向党组织正式递交了入党申请书。

一九五九年一月五日,伴随着新年的到来,钱学森也迎来了自己生命中最难忘的一个神圣时刻:

中国科学院党委通知他所在的力学研究所党总支,钱学森"已被接收为中国共产党预备党员,预备期一年,自一九五八年十月十六日至一九五九年十月十六日"。

一九五九年十一月十二日,党支部通过钱学森转正。从此,这位世界著名的科学家,成为一名正式的中国共产党党员。

光荣入党,是他人生道路上的一块醒目的里程碑。

在正式成为中国共产党党员的那个夜晚,钱学森激动得整夜未眠,想到了很多很多事情。

他想到了自己在中学时代,坐在校园的草地上,高声诵读过的卡尔·马克思的那段名言:

"如果我们选择了最能为人类福利而劳动的职业,那么,重担就不能把我们压倒,因为这是为大家而献身。那时候我们所感到的,就不是可怜的、有限的、自私的乐趣,我们的幸福将属于千百万人，我们的事业也将默默地，但是永恒发挥作用地存在下去。而面对我们的骨灰，高尚的人们将洒下热泪……"

此刻，这段话又在他的心中回响着，激荡着他胸中崇高澎湃的激情。

是啊！"如果我们选择了最能为人类福利而劳动的职业，那么，重担就不能把我们压倒，因为这是为大家而献身……"

那天夜里，夜色很深了，可他一点儿睡意也没有。

他站起身来，轻轻拉开窗帘，看见外面不知什么时候已在开始落雪了。

"真是一场好雪呀！瑞雪兆丰年……"

他喃喃自语，搓着双手，在灯光下徘徊，觉得身上好像涌起无限的力量。

"钱学森星"

在我的眼中，父亲是一座神奇的、有生命的丰碑。随着我的成长，对这个世界的理解不断加深，这座丰碑在我的心目中也越来越高大，越来越明晰，越来越雄伟……

小时候，我敬佩父亲，是因为父亲的身材比我高大得多，他是一座大山，我是依傍大山的小草，因为有了大山的滋养，才能无忧无虑地生长；父亲又好像一棵大树，我是歇在大树上的小鸟，不必担心风雪骄阳。

这两段深情而优美的文字，出自钱学森的儿子钱永刚写的回忆文章《大手牵小手——回忆父亲钱学森》。

钱永刚长大后才慢慢知道,自己的父亲有多么伟大!

钱学森和他的同事、战友们,先后研制出了新中国第一枚导弹、第一颗卫星,还有第一艘载人宇宙飞船。正是因为创造了这么多为中国人争光的杰出成就,钱学森被称为中国航天事业的奠基人、人民科学家、"两弹一星"元勋、中国国防科技的领军人物。

钱永刚长大后,先是成为一名光荣的军人,后来又成为中国计算机软件领域的高级工程师和著名学者、教授。

他回忆说:

……我已经长高了,父亲的身材不那么伟岸了,可是在我的眼中,他却如风暴中的一座山,不仅屹立不动,而且给亲人和朋友以力量和信心。从父亲的话里,我读到的是信任、鼓励、期望。在部队,我没有靠父亲的名望、地位和关系去谋点儿什么"特殊照顾",但是他的话一直支撑着我度过那段并不平静的戎马生活……

一九八二年，父亲退出了第一线，他年纪大了，不可避免地显出了老态，他的腰有些弯了，手也不那么大，不那么有力了，而我的手也不再是那双被父亲牵着的小手了。"大手牵小手"，已经成了遥远而甜蜜的回忆了。但是我很快发现，父亲仍然在引领我前行，不是用他的手，而是用他的精神。父亲不但"退而不休"，而且他那科学家富于探索的热情，有增无减。他的心中仍然焕发着青春的活力，他关注的范围更宽、更深了。他广泛涉猎音乐、绘画、电影、文学、生命科学、技术美学、现代农业，而且有研究、有心得、有创见。

他积极倡导的信息技术应用研究，极大地推动了军队信息化建设。他提出的"知识密集型大农业"理念，已经在西部地区的"沙产业"中成为现实。在那些被认为是不毛之地的沙漠中，盛产沙棘、沙枣、黑番茄……

对于钱学森这样一位具有世界影响的大科学家，长期以来，社会上有一个比较片面的认知，就是只知道他是一位导弹专家、火箭专家。

实际上，钱学森在其他一些领域里也创造了中国乃至世界科学史上前所未有的建树和成就。

只不过，我们对他这些方面的建树了解和关注得太有限了。

比如说，他是世界著名的空气动力学家，他在空气动力学领域的地位也许要比他在导弹领域的地位更高。

又比如，他是杰出的"工程控制论"的创立者，深入研究和积极推广过系统工程学。他创立的控制论学说，可以让今天的中国更加顺利地建造许多重大工程。

他曾经提出的"山水城市"的主张，与我们国家今天正在倡导的"绿水青山就是金山银山"的理念也是一致的，都是为了让我们生活的城市和乡村，更加环保宜居，更加绿色、美丽、清洁。

而在他提出的"沙产业"理论的指导下，生活在大西北的人们，正在荒芜的沙漠上种植和开发出越来越多的沙棘、沙枣、黑番茄等沙漠作物，还利用沙子制成了装修材料。期待着有一天，沙漠也能变成祖国的"宝库"……

钱学森自己也对人们仅仅在意他在导弹、火箭方面的工作,而对他在其他领域提出的一些建议却不愿稍加关注,颇有微词。

有一次,他在翻看一本介绍他的生平事迹的图书时,对儿子永刚说道:"这些书啊,都是在说我这个好那个好、这个行那个行,这对人是没有什么启发性的。我不是什么天才。真要写,就应该说一说我为什么能取得那些成就,要说一说其中的道理和规律性嘛!"

在钱永刚看来,他的父亲能够取得那么多科学成就的一个最重要的原因,正在于他善于用系统、科学的理论去观察和分析问题,拥有一位科学家既严谨、缜密,又充满活跃的想象力的头脑。

寒来暑往,柳色秋风……

随着时光的推移,钱学森这一代科学家,一个个都进入了自己的老年。

钱学森年老的时候,仿佛重新回到了童年时代,仍然喜欢和自己最亲爱的人一起,坐在夏夜的草地上数星星,遥望月亮上的环形山……

他为国家做出的贡献也像天上的繁星一样众多，一样耀眼。

有一天夜晚，当他和夫人蒋英相互依偎着，坐在公园里遥望月亮上的环形山的时候，他不知道，在草地不远处，有一位美丽的女教师正领着一群小朋友，也坐在那里看星星。

女教师指着辽阔的星空说："孩子们，你们知道吗，在那些像宝石一样闪烁的星星里，有一颗国际编号为3763号的小行星，就是用钱学森爷爷的名字命名的，它的名字就叫'钱学森星'……"